Student Activities Manual

¿Cómo se dice...?

Tenth Edition

Ana C. Jarvis

Chandler-Gilbert Community College

Raquel Lebredo

California Baptist University

HEINLE
CENGAGE Learning

Australia • Brazil • Japan • Korea • Mexico • Singapore • Spain • United Kingdom • United States

¿Cómo se dice...? Tenth Edition
Student Activities Manual
Jarvis | Lebredo

© 2013, 2009 Heinle, Cengage Learning

For product information and technology assistance, contact us at **Cengage Learning Academic Resource Center, 1-800-423-0563**

For permission to use material from this text or product, submit all requests online at **cengage.com/permissions**. Further permissions questions can be emailed to **permissionrequest@cengage.com.**

ISBN-13: 978-1-111-83265-0
ISBN-10: 1-111-83265-X

Heinle
20 Channel Center Street
Boston, MA 02210
USA

Cengage Learning is a leading provider of customized learning solutions with office locations around the globe, including Singapore, the United Kingdom, Australia, Mexico, Brazil, and Japan. Locate your local office at: **www.cengage.com/global**

Cengage Learning products are represented in Canada by Nelson Education, Ltd.

To learn more about Heinle, visit
www.cengage.com/heinle

Purchase any of our products at your local college store or at our preferred online store **www.cengagebrain.com**

Printed in the United States of America
4 5 6 7 8 9 10   20 19 18 17 16

Contents

Preface

The *Student Activities Manual* is a fully integrated component of *¿Cómo se dice...?*, Tenth Edition, a complete introductory Spanish program for the college level. As in previous editions, the *Student Activities Manual* reinforces the grammar and vocabulary presented in the *¿Cómo se dice...?* core text and helps to develop your listening, speaking, reading, and writing skills.

The lessons in the *Student Activities Manual* are correlated to the student text. Workbook and Laboratory Activities are provided for each of the eighteen textbook lessons. To use this key component of the *¿Cómo se dice...?* program to its best advantage, it is important that you fully understand its organization and contents.

WORKBOOK ACTIVITIES

The Workbook Activities are designed to reinforce the grammar and vocabulary introduced in the textbook and to develop your writing skills. They include sentence completion, sentence transformation, fill-in charts, dehydrated sentences, answering questions, guided situations, crossword puzzles, and illustration-based exercises.

All the Workbook lessons end with a section entitled **El mundo hispánico y tú,** and the odd-numbered Workbook lessons from **Lección 3** have a section entitled **Vamos a leer,** preceding the **El mundo hispánico y tú,** consisting of a reading that re-enters the vocabulary and grammar of the textbook lesson and follow-up questions to test reading comprehension.

After every other lesson, there are two additional review sections. **Hasta ahora... Una prueba** provides a brief self test or review of the preceding two lessons' vocabulary and structures combined. **Un paso más** offers additional realia-based activities and writing practice.

LABORATOY ACTIVITIES AND AUDIO PROGRAM

The Laboratory Activities accompany the Audio Program for *¿Cómo se dice...?*, Tenth Edition. The Laboratory Activities include listening, speaking, and writing practice for each lesson under the following headings: *Situaciones, Preguntas y respuestas, ¿Qué dice Ud.?, Pronunciación, Estructuras, Dibujos, ¿Cuál describe el dibujo?, Unos diálogos breves, Para contestar, Tome nota,* and *Dictado.*

The Answer Key and Audio Script are available at your instructor's discretion.

The *Student Activities Manual,* an important part of the *¿Cómo se dice...?*, Tenth Edition, is designed to reinforce the associations of sound, syntax, and meaning needed for effective communication in Spanish. Students who use the *Student Activities Manual* and the Audio Program consistently will find these components of great assistance in assessing their achievements and in targeting the specific lesson features that require extra review.

Ana C. Jarvis
Raquel Lebredo

LECCIÓN 1
Workbook Activities

ESTRUCTURAS

A. The alphabet Spell the names of the following persons.

1.

Sandra Cisneros

2.

Antonio Villaraigosa

3.

Susana Martinez

1. Este (*This*) nombre se escribe así:

_____

2. Este nombre se escribe así:

_____

3. Este nombre se escribe así:

_____

B. Cardinal numbers 0–30 Write, in Spanish, the number of students that each of the professors has in his/her class.

1. Luis Acosta: 15   (_____) estudiantes

2. Marta Vega: 24   (_____) estudiantes

3. Ana Ruiz: 30   (_____) estudiantes

4. Oscar Paz: 14   (_____) estudiantes

5. Raúl Montes: 19   (_____) estudiantes

6. Olga Vera: 13   (_____) estudiantes

7. Rafael Soto: 17   (_____) estudiantes

8. Nora Vargas: 12   (_____) estudiantes

C. Colors   You are teaching some Spanish-speaking children to paint. Tell them what colors will result by mixing the following colors.

1. azul y amarillo: _____

2. blanco y rojo: _____

3. blanco y negro: _____

4. amarillo y rojo: _____

5. azul y rojo: _____

D. Days of the week   You are in charge of making a calendar for your Spanish class. Write the days of the week below. Remember that in Spanish-speaking countries, the week starts on Monday.

SEPTIEMBRE						
		1	2	3	4	5
6	7	8	9	10	11	12
13	14	15	16	17	18	19
20	21	22	23	24	25	26
27	28	29	30			

E. Months and seasons of the year   Keeping in mind that the seasons are reversed in the Southern Hemisphere, write the months that correspond to the following seasons in Argentina.

1. invierno: _____, _____, _____

2. primavera: _____, _____, _____

3. otoño: _____, _____, _____

4. verano: _____, _____, _____

F. Subject pronouns   How do you and your friends refer to yourselves and others? Complete the following sentences, using Spanish subject pronouns.

   Modelo: You refer to your teachers as . . .
   *You refer to your teachers as **ellos**.*

1. You speak to your best friend and call him _____.

2. You refer to María as _____.

3. You address your teacher as _____.

4. You refer to your parents and yourself as _____.

5. Nora and Marisol refer to themselves as _____.

6. You refer to your friends as _____.

7. You refer to Mr. Hidalgo as _____.

8. You speak to your classmates as a group and call them _____.

9. You talk about yourself and say _____.

G. Present indicative of *ser* You work for the school paper and are interviewing a Mexican American student about herself and her friends. Complete the interview, using the correct forms of the verb **ser**.

—¿De dónde _____ tú?

—Yo _____ de Arizona.

—¿Y Fernando Monteros?

—Él _____ de Arizona también (*also*).

—¿Ustedes _____ de Phoenix?

—No, nosotros _____ de Tucson.

—¿Y Anabel y Sara?

—Ellas _____ de California.

MÁS PRÁCTICA

A. Minidiálogos

1. —Hola. ¿Qué _____? ¿Qué hay de _____?

   —Nada. ¿Y tú? ¿_____ estás?

   —Bien, gracias. Oye, ¿cuál es tu _____ de teléfono?

   —367-9672.

2. —¿Qué _____ es hoy?

   —Hoy es el _____ y uno de _____. ¡Es Halloween!

3. —Mucho gusto.

   —El gusto es _____.

4. —_____ días, señora. Pase. Tome _____, por favor.

   —Gracias. ¿_____ clase hoy?

   —Sí, señora.

5. —Muchas _____. Muy _____.

—De _____. Adiós. Nos _____ el lunes. _____

a Luis.

6. —¿De _____ son Uds.?

—Nosotros _____ de California.

7. —¿Cómo te _____?

—Me _____ Ana María Robles.

8. —Hoy es mi cumpleaños.

—¡_____ cumpleaños!

B. ¿Qué dice Ud.? (*What do you say?*)   You find yourself in the following situations. What do you say?

1. You thank someone for a favor and then say good-bye.

   _____

2. You greet Miss Rojas in the afternoon and ask how it's going for her.

   _____

3. You are saying good-bye to your friend, whom you will see tomorrow. You ask him to say hello to Gustavo.

   _____

4. You ask a girl you just met where she is from.

   _____

5. You tell a classmate you'll see each other on Monday.

   _____

6. You say that not much has happened to someone who wants to know what's new with you.

   _____

C. ¿Qué pasa aquí? (*What's happening here?*)   Look at the illustrations and answer the following questions about them.

1. ¿Cómo se llama el señor?

   _____

2. ¿Cómo se llama la señorita?

   _____

3. ¿Julián es estudiante?

   _____

4. ¿El profesor Nieto es mexicano o colombiano?

   _____

5. ¿Hay una fiesta hoy?

   _____

6. ¿.Qué fecha es hoy?

   _____

7. ¿Graciela Calderón es profesora o estudiante?

   _____

8. ¿De qué parte de California es la doctora Calderón?

   _____

Complete the following chart.

Los mexicoamericanos
1. Lo que conserva la mayoría de los mexicoamericanos: _____
_____
2. Muchos se destacan en
_____
3. Alcalde de Los Ángeles, California: _____
4. Gran muralista mexicano: _____
5. Sandra Cisneros: _____
6. Lo que celebran los mexicanos el cinco de mayo: _____
_____
7. Número de personas que hablan español como primera lengua en los Estados Unidos:
_____

LECCIÓN 1
Laboratory Activities

SITUACIONES

Estudiantes y profesores   Listen to the dialogues twice, paying close attention to the speakers' intonation and pronunciation patterns. First, listen to the entire dialogue; then, as you listen for a second time, pause the recording after each sentence and repeat after the speaker.

CD1-2

A. Preguntas y respuestas (*Questions and answers*)   You will now hear questions about the dialogues. Answer each one, omitting the subject. The speaker will confirm your response. Repeat the correct response.

CD1-3

B. ¿Qué dice Ud.?   The speaker will present several situations based on the dialogues. Respond appropriately in Spanish to each situation. The speaker will confirm your response. Repeat the correct response. Follow the model.

CD1-4

> **Modelo:**   You ask your professor where he or she is from.
> *¿De dónde es usted?*

PRONUNCIACIÓN (*PRONUNCIATION*)

A. The sound of the Spanish *a*

CD1-5

- Repeat the words in each pair after the speakers, imitating their pronunciation.

English	Spanish
alpaca	alpaca
banana	banana
cargo	cargo
canal	canal

- Repeat each word, imitating the speaker's pronunciation.

Ana	Ágata
Marta	sábado
llamas	mayo
analista	hasta mañana

- When you hear the number, read the corresponding sentence aloud. Then listen to the speaker and repeat the sentence.
  1. Hasta mañana, Ana.
  2. La mamá trabaja.
  3. Panamá gana fama.

🔊 **B. The sound of the Spanish *e***
CD1-6

- Repeat the words in each pair after the speakers, imitating their pronunciation.

English	**Spanish**
mesa	mesa
preposition	preposición
adobe	adobe
Los Angeles	Los Ángeles

- Repeat each word, imitating the speaker's pronunciation.

qué	usted
enero	Pepe
Ester	teléfono
secretaria	Teresa

- When you hear the number, read the corresponding sentence aloud. Then listen to the speaker and repeat the sentence.
  1. Te besé y te dejé.
  2. Mereces que te peguen.

ESTRUCTURAS

🔊 **A. The alphabet**   First, read the name and then spell it. The speaker will confirm your response.
CD1-7   Repeat the correct response.

> **Modelo:** Olga
> *o-ele-ge-a*

1. Elena
2. Úrsula
3. Beatriz
4. Gustavo
5. Camila

🔊 **B. Colors**   The speaker will name several familiar objects. State the color or colors of each object in
CD1-8   Spanish. The speaker will confirm your response. Repeat the correct response. Follow the model.

> **Modelo:** a violet
> *morado*

🔊 **C. Days of the week**   The speaker will name days of the week. State the day that precedes each day
CD1-9   given. The speaker will confirm your response. Repeat the correct response. Follow the model.

> **Modelo:** martes
> *lunes*

🔊 **D. Months of the year**   The speaker will name a month. Give the month that follows. The speaker
CD1-10   will confirm your response. Repeat the correct response. Follow the model.

> **Modelo:** noviembre
> *diciembre*

🔊 **E.** **Present indicative of** *ser*   You will hear some questions. Answer them, using the cues provided
CD1-11   and omitting the subject. The speaker will confirm your response. Repeat the correct response.
Follow the model.

        Modelo: ¿De dónde es Carlos? (Arizona)
                    Es de Arizona.

MÁS PRÁCTICA (*MORE PRACTICE*)

🔊 **A.** **Dibujos** (*Drawings*)   You will hear three statements about each drawing. Choose the letter of the
CD1-12   statement that best corresponds to the drawing. The speaker will verify your response.

1.

    a   b   c

2.

    a   b   c

3.
    a   b   c

4.

    a   b   c

5.

    a   b   c

🔊 **B.** **Un diálogo breve** (*A short dialogue*)   Before listening to the dialogue in this section, study the
CD1-13   comprehension questions below. Reviewing the questions ahead of time will help you to remember
key information as you listen. Then listen carefully to the dialogue and answer each question,
omitting the subject. The speaker will confirm your response. Repeat the correct answer.

1.   ¿La señorita Acosta se llama Isabel o Inés?
2.   ¿La señorita Acosta es de Colorado o de México?
3.   ¿El Sr. Gómez es de Tejas o de California?
4.   ¿La señorita Acosta es profesora o estudiante?
5.   ¿La señorita Acosta es estudiante de la Universidad de Arizona o de la Universidad de
     California?

◀)) C. Para contestar (*To answer*)   Answer the speaker's questions, using the cues provided. The
CD1-14   speaker will confirm your answers. Repeat the correct response.

1.	(California)	6.	(martes)
2.	(San Diego)	7.	(el 2 de mayo)
3.	(San Francisco)	8.	(sí)
4.	(Santa Bárbara)	9.	(el 12 de julio)
5.	(sí)	10.	(Cáncer)

◀)) D. Tome nota (*Take note*)   You will hear someone interviewing a woman. First listen carefully for
CD1-15   general comprehension. Then, as you listen for a second time, fill in the information requested.

ENTREVISTA

Nombre: _____

Ciudad: _____   País:° _____

Profesión: _____

°*country*

◀)) E. Dictado (*Dictation*): **Números cardinales 0–30**   The speaker will say some numbers. Write
CD1-16   each one in words in the space provided. Each number will be read twice.

1. _____   6. _____

2. _____   7. _____

3. _____   8. _____

4. _____   9. _____

5. _____   10. _____

◀)) F. Dictado: Oraciones (*Sentences*)   The speaker will read six sentences. Each sentence will be read
CD1-17   twice. After the first reading, write what you heard. After the second reading, check your work and
fill in what you missed.

1. _____

2. _____

3. _____

4. _____

5. _____

6. _____

LECCIÓN 2
Workbook Activities

ESTRUCTURAS

A. Indefinite articles   These are the things that the professor needs for his class. Write the corresponding indefinite article before each noun.

1. _____ borrador

2. _____ reloj

3. _____ libro

4. _____ marcadores

5. _____ mapa

6. _____ papeles

7. _____ pupitres

8. _____ pizarra

9. _____ plumas rojas

10. _____ mochila

B. Definite articles I   These are some things that you might see in an office. Write the corresponding definite article before each noun.

1. _____ ventanas

2. _____ puerta

3. _____ luz

4. _____ reloj

5. _____ mujeres

6. _____ paredes

7. _____ sillas

8. _____ escritorio

9. _____ hombres

10. _____ libros

C. Definite articles II   These are statements heard in a Social Studies class. Place **el, la, los**, or **las** before each noun.

1. Necesitamos hablar de _____ problemas de _____ ciudades

   norteamericanas. ¿Cuáles son _____ soluciones?

2. _____ sistema de gobierno de _____ Estados Unidos es una democracia.

   _____ libertad es muy importante en este país.

3. Muchas personas critican _____ programas de _____ televisión

   norteamericana.

4. _____ idioma español es muy importante en California y en Tejas.

D. Cardinal numbers 31–100 It's inventory time. In Spanish, write how many there are of each item using **hay**.

1. 44 erasers: _____

2. 98 pencils: _____

3. 75 notebooks: _____

4. 100 pens: _____

5. 53 maps: _____

6. 82 chairs: _____

7. 66 books: _____

8. 43 blackboards: _____

9. 38 clocks: _____

10. 96 student desks: _____

E. Telling time In a bilingual program, children are learning to tell time. Complete the following chart to express the times given.

English	es/son	la/las	hora	y/menos	minutos
It is one o'clock.	Es	la	una.		
It is a quarter after four.	Son	las	cuatro	y	cuarto.
1. It is ten to seven.				menos	diez.
2. It is twenty after six.		las			
3. It is one-thirty.					media.
4. It is five to ten.			diez		
5. It is a quarter to two.				menos	
6. It is twenty-five to eight.			ocho		
7. It is nine o'clock.	Son				

F. Telling time / Days of the week Look at this class schedule and write the time and days of the week each class is held. Follow the model.

Modelo: educación física
La clase de educación física es los martes y jueves a las cinco.

HORA	LUNES	MARTES	MIÉRCOLES	JUEVES	VIERNES	SÁBADO
8:00–9:00	Psicología		Psicología		Psicología	
9:00–10:00	Biología		Biología		Biología	Tenis
10:00–11:30		Historia		Historia		
12:15–1:00			ALMUERZO			
1:00–2:00	Literatura		Literatura		Literatura	Laboratorio de biología
5:00–6:30		Educación física		Educación física		
7:00–8:30	Danza aeróbica		Danza aeróbica			

1. psicología _____

_____

2. biología _____

_____

3. historia _____

_____

4. literatura _____

_____

5. educación física _____

_____

6. danza aeróbica _____

_____

G. Present indicative of regular -ar verbs I Match each verb with its corresponding subject pronoun.

1. yo _____
2. ustedes _____
3. nosotros _____
4. ella _____
5. tú _____

a. estudiamos
b. llama
c. trabajan
d. hablas
e. regreso

H. Present indicative of regular -ar verbs II The students are talking while waiting for the instructor. What are they saying? Complete the following exchanges, using the verbs in the list. The numbers in parentheses indicate how many times each verb should be used.

estudiar (1)   necesitar (2)   tomar (2)
regresar (3)   desear (2)   trabajar (2)

1. **MARISOL:** ¿Cuántas clases _____ tú, Pablo?

   PABLO: Yo _____ cinco clases.

   MARISOL: ¿Tú _____ en el hospital San Marcos?

   PABLO: Sí, _____ por la noche y por la tarde

   _____ .

2. **RAQUEL:** ¿A qué hora _____ ustedes a casa (home)?

   JULIO: Nosotros _____ a las dos y media. ¿A qué hora

   _____ Jaime?

   RAQUEL: A la una.

3. **ANA:** ¿Qué _____ usted, señora?

   SEÑORA: Yo _____ un bolígrafo.

4. **ROBERTO:** ¿Tú _____ hablar con el profesor?

   DANIEL: No, yo _____ hablar con la secretaria.

I. Possession with *de* What do we know about these people? Practice possession with **de** by forming sentences with the elements given. Follow the model.

> **Modelo:** Mario / maestra / ser / Colombia
> *La maestra de Mario es de Colombia.*

1. la Sra. Gómez / necesitar / dirección / Marta

_____

2. Ana / trabajar / con profesora / Julio

_____

3. la Dra. Soto / estudiantes / regresar / a las cuatro

_____

4. la Sra. Juárez / secretaria / no trabajar / hoy

_____

5. yo / necesitar / Sergio / número de teléfono

_____

MÁS PRÁCTICA

A. Minidiálogos Complete the following, using vocabulary from Lesson 2.

1. —¿Tú y Roberto estudian _____?

    —Sí, estudiamos en la _____ o en mi casa.

    —¿Cuántas clases _____ tú _____ semestre?

    —_____ dos, porque trabajo cuarenta horas por _____.

2. —El alemán es un _____ difícil.

    —¡No! ¡Es _____! Pero necesitas _____ todos los días.

3. —¿Cuál es tu _____?

    —_____ Orange, _____ cien.

4. —Tú no eres muy _____. Siempre _____ tarde a todas _____.

   —¡Lo _____! ¡Caramba! ¡_____ las dos y media!

5. —¿Qué _____ hablan en Brasil?

   —Se _____.

   —¿En _____? ¿No hablan español?

   —No. Oye, ¿cómo se _____ "math" en español?

   —Se dice _____.

6. —¿Necesitas una _____ de anuncios?

   —Sí, y un _____ de papeles.

7. —¿Qué hora es?

   —No sé (*I don't know*). Necesitamos un _____.

   —¡Hay uno en la _____!

8. —¿Monique habla _____?

   —Sí, y Pierre _____.

B. ¿Qué dice Ud.?   You find yourself in the following situations. What do you say?

1. You tell a friend what time your Spanish class is. Then, ask him or her what time it is.

   _____

   _____

2. You want to know whether your friend studies in the morning or in the afternoon.

   _____

3. You ask a friend if he or she wants to study with you, and suggest a day and time and the place.

   _____

4. Your friend Carlos is taking English. You ask him whether English is easy or difficult and give him advice on what he must do to learn.

   _____

L. ¿Qué pasa aquí? Look at the illustration and choose **V** for **verdadero** (*true*) or **F** for **falso** (*false*) in response to the following statements.

1.	Es una clase de matemáticas.	V	F
2.	El profesor Dumont es profesor de historia.	V	F
3.	Hay quince estudiantes en la clase.	V	F
4.	Hay 30 pupitres.	V	F
5.	Hay un reloj en la pared.	V	F
6.	La clase de francés es a las dos.	V	F
7.	Son las doce y cinco.	V	F
8.	Hay una ventana en la clase.	V	F
9.	Hay una puerta en la clase.	V	F
10.	Hay un mapa de México en la clase.	V	F
11.	Hay un libro en el escritorio.	V	F
12.	Hay cuatro lápices en el escritorio.	V	F

Complete the following chart.

Los cubanoamericanos

1. Dos famosas actrices cubanoamericanas: _____ y

    _____

2. Porcentaje de los hispanos de este país que son cubanos: _____

3. Los cubanos son los inmigrantes hispanos más _____, con mayor nivel

    de _____ y mayor _____ per cápita.

4. La Pequeña Habana es un _____ cubano de la ciudad de Miami.

5. Jon Secada es un famoso _____ cubano.

6. Jeff Bezos es el _____ fundador de la empresa _____.

LECCIÓN 2
Laboratory Activities

SITUACIONES

🔊 **Si necesitas ayuda**   Listen to the dialogues twice, paying close attention to the speakers'
CD1-18 intonation and pronunciation patterns. First, listen to the entire dialogue; then, as you listen for a
second time, pause the recording after each sentence and repeat after the speaker.

🔊 **A. Preguntas y respuestas**   You will now hear questions about the dialogues. Answer each one,
CD1-19 omitting the subject. The speaker will confirm your response. Repeat the correct response.

🔊 **B. ¿Qué dice Ud.?**   The speaker will present several situations based on the dialogues. Respond
CD1-20 appropriately in Spanish to each situation. The speaker will confirm your response. Repeat the
correct response. Follow the model.

> **Modelo:**   You ask how to say "chair" in Spanish.
> *¿Cómo se dice "chair" en español?*

PRONUNCIACIÓN

🔊 **A. The sound of the Spanish *i***
CD1-21

- Repeat the words in each pair, imitating the speaker's pronunciation.

English	Spanish
director	director
diversion	diversión
Lidia	Lidia
inspector	inspector
tropical	tropical

- Repeat each word, imitating the speaker's pronunciation.

sí	días	necesitar
dice	cinco	hospital
inglés	dirección	domicilio

- When you hear the number, read the corresponding sentence aloud. Then listen to the
  speaker and repeat the sentence.
  1. Fifí mira a Rin-Tin-Tín.
  2. Mimí dice que es difícil vivir aquí.

B. The sound of the Spanish *o*

CD1-22

- Repeat the words in each pair, imitating the speaker's pronunciation.

English	Spanish
noble	noble
no	no
opinion	opinión
Colorado	Colorado

- Repeat each word, imitating the speaker's pronunciation.

no	Mario	noche
como	once	ocho
poco	número	teléfono

- When you hear the number, read the corresponding sentence aloud. Then listen to the speaker and repeat the sentence.
  1. Yo como pollo con Rodolfo.
  2. Lolo compró los loros.

C. The sound of the Spanish *u*

CD1-23

- Repeat the words in each pair, imitating the speaker's pronunciation.

English	Spanish
universal	universal
club	club
Hugo	Hugo
humor	humor
Uruguay	Uruguay

- Repeat each word, imitating the speaker's pronunciation.

estudiar	puerta
usted	luz
Susana	universidad
mucho	gusto

- When you hear the number, read the corresponding sentence aloud. Then listen to the speaker and repeat the sentence.
  1. Las universidades uruguayas están en las urbes.
  2. Úrsula usa uniforme únicamente en el club.

ESTRUCTURAS

A. Definite and indefinite articles You will hear several singular nouns, each preceded by a
CD1-24 definite or an indefinite article. Make the nouns and the articles plural. The speaker will confirm
your response. Repeat the correct response. Follow the model.

Modelo: el alumno
los alumnos

B. Telling time Your friend's watch is always running ten minutes behind. Correct him when he
CD1-25 says what time it is. The speaker will confirm your response. Repeat the correct response. Follow
the model.

Modelo: Son las seis.
No, son las seis y diez.

C. Negative sentences Give a negative response to each question you hear. Include the subject
CD1-26 in your answer. The speaker will confirm your response. Repeat the correct response. Follow the
model.

Modelo: ¿Uds. trabajan en el hospital?
No, nosotros no trabajamos en el hospital.

D. Possession with *de* Answer the following questions to indicate ownership, using the cues. The
CD1-27 speaker will confirm your response. Repeat the correct response. Follow the model.

Modelo: ¿Es el lápiz de Rosa? (María)
No, es el lápiz de María.

1. (Carlos)
2. (la profesora)
3. (Elisa)
4. (Irene)
5. (Rodolfo)

A. Dibujos (*Drawings*)   You will hear three statements about each drawing. Choose the letter of the statement that best corresponds to the drawing. The speaker will verify your response.

CD1-28

1.

a   b   c

2.

a   b   c

3.

a   b   c

4.

a   b   c

5.

a   b   c

B. Una narración breve   Before listening to the narration in this section, study the comprehension questions below. Reviewing the questions ahead of time will help you to remember key information as you listen. Then listen carefully to the narration and answer each question, omitting the subject. The speaker will confirm your response. Repeat the correct answer.

CD1-29

1. ¿Daniel es cubanoamericano o mexicoamericano?
2. ¿Daniel estudia en una universidad de Los Ángeles o estudia en una universidad de Miami?
3. ¿Daniel toma clases por la mañana o por la noche?
4. ¿Daniel trabaja en un hospital o en la biblioteca?
5. ¿Daniel estudia por la tarde o por la noche?
6. ¿Daniel habla un idioma o tres idiomas?

C. Para contestar   Answer the speaker's questions, using the cues provided. The speaker will confirm your answers. Repeat the correct response.

CD1-30

1. (las ocho)
2. (la mañana)
3. (la biblioteca)
4. (no)
5. (cinco)

6. (el sábado)
7. (difícil)
8. (no)
9. (sí)
10. (una computadora)

🔊 **D. Tome nota** You will hear two people talking. First listen carefully for general comprehension.
CD1-31 Then, as you listen for a second time, fill in the information requested.

Nombre del profesor: _____

Nombre de la estudiante: _____

Día: _____

Hora: _____

Número de estudiantes: _____

🔊 **E. Dictado: Números cardinales 31–100** The speaker will read some numbers. Write each one
CD1-32 in the space provided. Each number will be read twice.

1. _____   6. _____

2. _____   7. _____

3. _____   8. _____

4. _____   9. _____

5. _____   10. _____

🔊 **F. Dictado: Oraciones** The speaker will read six sentences or phrases. Each sentence will be read
CD1-33 twice. After the first reading, write what you heard. After the second reading, check your work and
fill in what you missed.

1. _____

2. _____

3. _____

4. _____

5. _____

6. _____

Hasta ahora... Una prueba
(*So far...A quiz*)

You have finished **Lecciones 1** and **2**. How much have you learned so far about structure and vocabulary?

A. Complete the following exchanges, using the present indicative of the verbs given.

1. —¿De dónde _____ ustedes? (ser)

   —Nosotros _____ de California, pero _____ español.

   (ser / hablar)

2. —¿El doctor Fuentes _____ profesor de español? (ser)

   —Sí, _____ en la Universidad de California. También

   _____ francés. (trabajar / hablar)

3. —¿Tú _____ estudiante? (ser)

   —Sí, _____ en la Universidad de Arizona. (estudiar)

4. —¿A qué hora _____ ustedes? (regresar)

   —Yo _____ a la una y Rosa _____ a las dos.

   (regresar / regresar)

5. —¿De dónde _____ usted, señorita? (ser)

   —Yo _____ de Tejas. (ser)

6. —¿Cuántas clases _____ tú? (tomar)

   —Dos, pero _____ tomar dos más (*more*). (desear)

B. How much does everybody need? Indicate this, by using the verb **necesitar** appropriately and writing the numbers in Spanish. (Hint: dollars = **dólares**)

1. Fernando / 15

   _____

2. yo / 98

   _____

3. Eva y Mario / 79

   _____

4. tú / 45

_____

5. Sergio y yo / 64

_____

6. ustedes / 53

_____

7. Marisol / 100

_____

8. usted / 32

_____

9. las chicas / 86

_____

10. nosotras / 27

_____

C. Arrange the following words and phrases in groups of three, according to categories. Examples of categories: greeting questions, courtesy phrases, writing instruments, etc.

Mucho gusto.	platicar	dirección	Hasta mañana	amarillo
tablilla de anuncios	día	lengua	bolígrafo	negro
muchacho	pizarra	¿Qué tal?	blanco	martes
Muchas gracias.	Nos vemos.	hablar	domicilio	gris
El gusto es mío.	francés	jueves	calle	lápiz
¿Cómo estás?	Encantada	despedida	azul	chico
Muy amable.	conversar	pluma	idioma	amigo
¿Cómo te va?	De nada.	mapa	verde	

1. _____   _____   _____

2. _____   _____   _____

3. _____   _____   _____

4. _____   _____   _____

5. _____   _____   _____

6. _____   _____   _____

7. _____ _____ _____

8. _____ _____ _____

9. _____ _____ _____

10. _____ _____ _____

11. _____ _____ _____

12. _____ _____ _____

13. _____ _____ _____

D. Write the questions that originated the following answers.

1. _____

   Nosotros somos de California.

2. _____

   Yo hablo español, pero no hablo francés.

3. _____

   Me llamo María Isabel Junco.

4. _____

   Hoy es el veinte de septiembre.

5. _____

   Hoy es martes.

6. _____

   Son las seis y media.

7. _____

   Estudiamos en la biblioteca.

8. _____

   Mi dirección es calle Magnolia, número 68.

9. _____

   Yo tomo cinco clases.

10. _____

    No, nosotros no estudiamos juntos.

● Un paso más (*A step further*)

A. Taking into account this student's class schedule, answer the questions that follow.

Horario de clases

Nombre del estudiante	*Marcel Dubois*						
hora	lunes	martes	miércoles	jueves	viernes	sábado	aula[1]
7 – 8							
8 – 9	*Español*	*Español*	*Español*	*Español*			*115*
9 – 10	*Física*		*Física*		*Física*	*Tenis*	*223*
10 – 11	*Sociología*		*Sociología*		*Sociología*		*180*
11 – 12	*Geología*		*Geología*		*Geología*		*210*
1 – 2							
2 – 3							
					Consejero[2]	*David Saldívar*	

[1]*classroom*   [2]*adviser*

1. ¿De dónde es Marcel probablemente (*probably*): de París o de Madrid?

    _____

2. ¿Marcel toma clases de siete a ocho?

    _____

3. ¿Qué idioma estudia Marcel?

    _____

4. De nueve a diez, ¿Marcel habla de Isaac Newton o de Freud en su (*his*) clase?

    _____

5. ¿Qué clase toma Marcel los lunes, miércoles y viernes de diez a once?

_____

6. ¿Hasta (*Until*) qué hora toma clases Marcel?

_____

7. ¿Cuántas clases toma Marcel los martes y jueves?

_____

8. ¿Qué días juega (*plays*) Marcel al tenis?

_____

9. ¿Marcel toma clases por la tarde?

_____

10. ¿En qué aula es la clase de español?

_____

11. ¿La clase de sociología es en el aula 190?

_____

12. ¿Quién es David Saldívar?

_____

B. Combine the vocabulary and the structure learned in **Lecciones 1** and **2** to give information about yourself. Include name, origin, address and phone number, classes, schedule, work, study habits, things needed, etc. Write at least ten statements.

_____

_____

_____

_____

_____

_____

_____

_____

_____

_____

LECCIÓN 3
Workbook Activities

ESTRUCTURAS

A. Possessive adjectives I We all need something. Indicate this by adding the corresponding possessive adjectives, according to each subject.

1. Yo necesito _____ computadora (*computer*) y _____ cuadernos. Carlos necesita

    _____ libro de francés y _____ bolígrafos. Tú necesitas _____ reloj y _____ lápices.

2. Elsa y yo necesitamos _____ mapas y _____ tablilla de anuncios. Ester y Aurora

    necesitan _____ escritorio y _____ mochilas.

B. Possessive adjectives II Answer the following questions with complete sentences, using the cues provided and the appropriate possessive adjectives. Follow the model.

Modelo: ¿Dónde trabaja la amiga de Alicia? (en el hospital)
Su amiga trabaja en el hospital.

1. ¿De dónde son tus amigos? (de Nueva York)

    _____

2. ¿De dónde es la profesora de ustedes? (de Puerto Rico)

    _____

3. ¿Dónde trabaja tu amiga? (en la universidad)

    _____

4. ¿Los amigos de ustedes son de México? (sí)

    _____

5. ¿Tú necesitas hablar con mi profesora? (no) (*Use* **Ud.** *form for the possessive.*)

    _____

6. ¿Elsa necesita mis libros? (sí) (*Use* **tú** *form for the possessive.*)

    _____

C. Cardinal numbers 101–1,000   You are using checks to pay bills for the amounts shown below. Write each amount in Spanish.

1. 110 _____

2. 840 _____

3. 514 _____

4. 760 _____

5. 1.280 _____

6. 4.672 _____

7. 20.950 _____

D. Descriptive adjectives   You are describing your classmates. Use the given adjectives appropriately and add the corresponding definite or indefinite articles.

rubia	guapo	cubanos
puertorriqueñas	simpáticas	alto
bonitas	encantadores	delgada

1. _____ chicas _____ son _____ y muy _____ .

2. Héctor es _____ muchacho _____ y _____ .

3. _____ muchachos _____ son _____ .

4. _____ novia de Ernesto es _____ chica _____ y _____ .

E. Present indicative of regular -*er* and -*ir* verbs I   Complete the following chart with the corresponding present indicative forms.

Infinitive	yo	tú	Ud., él, ella	nosotros	Uds., ellos, ellas
Modelo leer	*leo*	*lees*	*lee*	*leemos*	*leen*
1. comer	como			comemos	
2. creer		crees			creen
3. beber					
4. escribir		escribes		escribimos	
5. recibir	recibo		recibe		reciben
6. decidir					

F. Present indicative of regular -er and -ir verbs II These people are conversing in the cafeteria. What are they saying? Complete the following dialogues, using the verbs listed.

escribir   comer   vivir   aprender   leer

1. —¿Dónde _____ Uds.?

    —Nosotros _____ en la cafetería. ¿Y tú?

    —Yo _____ en mi casa.

2. —¿Ud. _____ libros en español?

    —No, yo _____ libros en inglés.

3. —¿En qué calle _____ Uds.?

    —Nosotros _____ en la calle Lima. ¿Dónde _____ tú?

    —Yo _____ en la avenida Juárez.

    —¿Y Teresa?

    —Ella _____ en la calle Colombia.

4. —¿En qué idioma _____ Uds.?

    —Yo _____ en español y John _____ en inglés.

5. —¿Tú _____ mucho en la clase?

    —No, yo no _____ mucho porque no estudio.

G. Present indicative of the irregular verbs *tener* and *venir* Use the correct forms of **tener** or **venir** to report about these students' activities.

1. Teresa no _____ los viernes porque no _____ clases.

2. Ana y yo _____ con César porque no _____ coche (*car*).

3. Yo _____ a las ocho menos cuarto porque _____ una clase a las ocho.

4. Los estudiantes _____ a las siete cuando _____ exámenes.

5. ¿Tú _____ clases los martes o _____ a la universidad solamente los lunes?

H. *Tener que* + infinitive Indicate what everybody has to do by using the present indicative of **tener + que** to complete the following sentences.

1. Yo _____ estudiar y mis amigos _____ trabajar.

2. Estela y yo _____ escribir un informe y Gustavo _____ regresar a la biblioteca.

3. ¿Tú _____ venir a clase?

MÁS PRÁCTICA

A. Minidiálogos Complete the following, using vocabulary from Lesson 3.

1. —Tere, ¿tienes mucho que _____ hoy?

   —Sí, tengo que _____ un informe y tengo que estudiar porque mañana tengo un

   examen _____ en la clase de historia.

2. —¿Qué _____ en el periódico?

   —Los _____ porque necesito un _____.

   —¿Necesitas _____ más dinero?

   —Sí, tengo problemas _____.

3. —Silvia, ¿cómo es tu novio? ¿Es alto? ¿Es rubio?

   —No, es _____ y es de _____ mediana.

   —¿Es de Puerto Rico?

   —Sí, es _____.

4. —¿Tú vives en una casa?

   —No, en un _____.

   —¿Vives solo (*alone*)?

   —No, tengo dos _____ de cuarto.

5. —Raúl, tienes un _____ electrónico de tu novia. ¿Ella _____ hoy?

   —No, ella tiene que _____ a su hermana a la universidad.

6. —Necesito el número de su _____ para conducir.

   —¿Necesita también el número de mi _____ social?

   —No, señorita.

B. ¿Qué dice Ud.? You find yourself in the following situations. What do you say?

1. You answer the phone and the caller asks to speak with you. Respond.

   _____

2. You tell someone that you have to work because you need money.

   _____

3. Ask your friend if he/she wants something to drink.

   _____

4. You are giving directions to Adela's house and to Julio's house. Tell your friends that her house is located (*queda*) on Magnolia Street and his house is located on Washington Street.

   _____

5. You ask a friend if he wants to take Raquel and Olga to the party.

   _____

6. You tell a friend that you have to fill out a job application.

   _____

7. You tell someone that you don't have (any) experience.

   _____

8. You tell a classmate that the midterm examination is tomorrow.

   _____

C. ¿Qué pasa aquí? Look at the illustrations and answer the following questions.

a.

b.

c.

a.   1.   ¿Dónde conversan Oscar y Elba?

_____

2.   ¿Qué beben Oscar y Elba?

_____

3.   ¿Qué tiene que escribir Elba?

_____

4.   ¿Quién es la novia de Oscar?

_____

b.   1.   ¿Qué tiene Jorge en su escritorio?

_____

2.   ¿Qué recibe Jorge?

_____

3.   ¿De dónde viene el mensaje?

_____

4.   ¿Jorge tiene que estudiar literatura?

_____

5.   ¿Qué tiene que estudiar Jorge?

_____

c. 1. ¿A quiénes (*Whom*) lleva la Sra. Vega a su casa?

_____

2. ¿Cuál es la dirección de la Sra. Vega?

_____

3. ¿Luz es rubia o morena?

_____

VAMOS A LEER

La familia de Hilda López

La Sra. Hilda López Ramírez es de San Juan, pero ahora° vive en Nueva York.   *now*
Es enfermera° y trabaja en un hospital de Nueva Jersey. Sus padres son   *nurse*
médicos° y viven en Ponce, una ciudad de Puerto Rico.   *physicians*
    Julio, el esposo° de la Sra. López, es profesor. Ellos tienen tres hijos:°   *husband / children*
Eduardo, Irene y Teresa. Eduardo es rubio y muy alto. Las chicas son morenas
y muy bonitas. Los tres son muy inteligentes y muy simpáticos. Hablan
inglés y español. En la escuela,° leen y escriben en inglés.   *school*
    La familia vive en la ciudad de Nueva York, en la calle Quinta, número
quinientos treinta.

¡Conteste! Answer the following questions based on the reading.

1. ¿Hilda López es norteamericana?

_____

2. ¿De qué país (*country*) es ella?

_____

3. ¿Dónde vive ahora?

_____

4. ¿Cuál es la profesión de Hilda? ¿Cuál es la profesión de su esposo?

_____

5. ¿Dónde trabaja Hilda?

_____

6. ¿Cuál es la profesión de los padres de Hilda?

_____

7. ¿Los padres de Hilda viven en San Juan?

    _____

8. ¿Cuántos hijos tienen Hilda y Julio? ¿Cómo son?

    _____

9. ¿Qué idiomas hablan los niños? ¿En qué idioma leen y escriben en la escuela?

    _____

10. ¿En qué ciudad vive la familia?

    _____

11. ¿Cuál es la dirección de la familia Ramírez?

    _____

EL MUNDO HISPÁNICO Y TÚ

Complete the following chart.

Los puertorriqueños en los Estados Unidos

1. Dos famosos artistas puertorriqueños: _____ y _____

2. Famoso jardinero del equipo (*team*) de los New York Mets: _____

3. El _____ de los puertorriqueños que vive en Estados Unidos vive en

    _____ y en _____.

4. _____ y _____ son dos congresistas puertorriqueños.

5. Campeón de boxeo puertorriqueño: _____

6. El desfile puertorriqueño se celebra en Nueva York en el mes de _____.

LECCIÓN 3
Laboratory Activities

SITUACIONES

🔊 CD2-2 **Dos compañeros de cuarto** Listen to the dialogues twice, paying close attention to the speakers' intonation and pronunciation patterns. First, listen to the entire dialogue; then, as you listen for a second time, pause the recording after each sentence and repeat after the speaker.

🔊 CD2-3 **A. Preguntas y respuestas** You will now hear questions about the dialogues. Answer each one, omitting the subject. The speaker will confirm your response. Repeat the correct response.

🔊 CD2-4 **B. ¿Qué dice Ud.?** The speaker will present several situations based on the dialogues. Respond appropriately in Spanish to each situation. The speaker will confirm your response. Repeat the correct response. Follow the model.

> **Modelo:** You ask if Carlos is at home.
> *¿Está Carlos?*

PRONUNCIACIÓN

🔊 CD2-5 **Linking** When you hear the number, read the corresponding sentence aloud. Then, listen to the speaker and repeat the sentence.

1. Los dos‿asisten‿a la‿universidad.
2. Hay‿un mensaje‿electrónico.
3. Mañana tengo‿un‿examen.
4. Tengo que llevar‿a mi‿hermano.
5. No‿acepta mi‿invitación.

ESTRUCTURAS

🔊 CD2-6 **A. Possessive adjectives** Answer each question you hear in the affirmative, using the appropriate possessive adjectives. The speaker will confirm your response. Repeat the correct response. Follow the model.

> **Modelo:** ¿Es tu amigo?
> *Sí, es mi amigo.*

🔊 CD2-7 **B. Descriptive adjectives** The speaker will read several phrases. Repeat each phrase, and then change each adjective according to the new cue. Make sure the adjectives agree with the nouns in gender and number. The speaker will confirm your response. Repeat the correct response. Follow the model.

> **Modelo:** el profesor español
> la profesora
> *la profesora española*
> los profesores
> *los profesores españoles*
> las profesoras
> *las profesoras españolas*

◀))） **C. Present indicative of regular -er and -ir verbs** Answer each question you hear in the
CD2-8 negative, using the subject in your answer. The speaker will confirm your response. Repeat the
correct response. Follow the model.

> **Modelo:** ¿Abres la puerta?
> *No, yo no abro la puerta.*

◀))） **D. Present indicative of the irregular verbs *tener* and *venir*** Answer each question you
CD2-9 hear, using the cue provided. The speaker will confirm your response. Repeat the correct response.
Follow the model.

> **Modelo:** ¿Quién viene hoy? (Carlos)
> *Carlos viene hoy.*

1. hoy
2. Teresa
3. a las seis
4. sí

5. no
6. sí
7. Marisa
8. no

◀))） **E. *Tener que* + infinitive** Certain people are not doing what they are supposed to do. Say what they
CD2-10 have to do. The speaker will confirm your response. Repeat the correct response. Follow the model.

> **Modelo:** Tú no estudias.
> *Tú tienes que estudiar.*

MÁS PRÁCTICA

◀))） **A. Dibujos** (*Drawings*) You will hear three statements about each drawing. Choose the letter of the
CD2-11 statement that best corresponds to the drawing. The speaker will verify your response.

1.

a b c

2.

a b c

3.

a b c

4.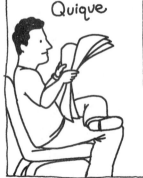

a b c

5.

a b c

◀)) B. Unos diálogos breves Before listening to the dialogues in this section, study the comprehension
CD2-12 questions below. Reviewing the questions ahead of time will help you to remember key information
as you listen. Then, listen carefully to the dialogues and answer each question, omitting the subject.
The speaker will confirm your response. Repeat the correct answer.

1. ¿Dónde come Rosa mañana?
2. ¿Tiene que estudiar?
3. ¿Está Carmen?
4. ¿A qué hora regresa?
5. ¿Alicia necesita un empleo?
6. ¿Alicia tiene experiencia?
7. ¿Alicia habla portugués?
8. ¿Qué no debe llenar Alicia?

◀)) C. Para contestar The speaker will ask you some questions. Answer each question, using the cue
CD2-13 provided. The speaker will confirm your response. Repeat the correct response.

1. (sí)
2. (no, simpáticos)
3. (no, parcial)
4. (sí, todos los días)
5. (no)

6. (sí)
7. (realista)
8. (sí)
9. (soltero)
10. (Roberto)

◀)) D. Tome nota You will hear a brief telephone conversation. First, listen carefully for general
CD2-14 comprehension. Then, as you listen for a second time, fill in the information requested.

Compañía: _____

Mensaje telefónico para: _____

De parte de: _____

Hora: _____

Mensaje: _____

◀)) E. Dictado: Números cardinales 101–1.000 The speaker will say some numbers. Write each one
CD2-15 in the space provided. Each number will be read twice.

1. _____

2. _____

3. _____

4. _____

5. _____

6. _____

🔊 **F. Dictado: Oraciones** The speaker will read six sentences. Each sentence will be read twice. After
CD2-16 the first reading, write what you heard. After the second reading, check your work and fill in what
you missed.

1. _____

2. _____

3. _____

4. _____

5. _____

6. _____

LECCIÓN 4
Workbook Activities

ESTRUCTURAS

A. Contractions Say what these people are doing by supplying *the definite article*, **de** + *the definite article*, or **a** + *the definite article*, as required.

1. Marta viene _____ universidad.

   _____ parque.

   _____ hospital.

   _____ Ciudad de México.

2. Rodolfo lleva _____ señora.

   _____ hermano de Mario.

   _____ profesor Soto.

   _____ novia de Pedro.

   _____ chicas.

   _____ Sr. Vargas.

   _____ muchachos.

3. Eva llama _____ Sr. Ortega.

   _____ Srta. Rojas.

   _____ muchachas.

   _____ profesor.

B. Present indicative of the irregular verbs *ir*, *dar*, and *estar* You and a friend are talking about Nora's party. Complete the dialogue, using the present indicative of **dar, estar**, and **ir** as appropriate.

—Nora _____ una fiesta en su casa hoy. ¿Tú _____?

—Sí, _____ con Fernando.

—¿Arturo y Sandra _____ también?

—No, ellos _____ en Acapulco.

—¿Tu hermano _____?

—No, él _____ muy cansado.

—Yo también _____ muy cansada.

—Ah, ¿tú _____ dinero para la fiesta?

—Sí, yo _____ cien dólares.

C. *Ir a* + infinitive We need to decide what we are going to do according to each circumstance. Using the verbs on the list, say what's going to happen.

ir   bailar   llevar   dar   invitar

1. Mañana es mi cumpleaños.

   Yo _____.

2. Los chicos están en una fiesta.

   Ellos _____.

3. Nuestros amigos desean venir a la fiesta.

   Nosotros _____.

4. Tú deseas escuchar (*listen*) música de Beethoven.

   Tú _____.

5. El hermano de Elsa desea ver (*to see*) animales.

   Elsa _____.

D. Present indicative of *e:ie* stem-changing verbs I Complete the following chart.

	Subject	Infinitive	Present Indicative
1.	Las chicas	preferir	
2.			entiendo
3.	Uds.	querer	
4.			cerramos
5.	Fernando	perder	
6.			empiezas
7.	Ud.	pensar	
8.			comenzamos

E. Present indicative of *e:ie* stem-changing verbs II   Complete the following paragraph about Elena and her friends, using the verbs listed. Use each verb once.

entender   cerrar   querer   pensar   preferir   empezar

Elena no (1.) _____ ir a la fiesta de Teresa mañana;

(2.) _____ ir al club. Nosotros (3.) _____ ir a la fiesta con José Luis.

La fiesta (4.) _____ a las nueve de la noche.

Elena tiene una amiga que es de París y se llama Michèle. Las amigas de Elena no

(5.) _____ a Michèle porque ella no habla español. Esta noche Elena y Michèle

van a estudiar en la biblioteca hasta (*until*) las ocho y media. La biblioteca

(6.) _____ a las nueve.

F. Expressions with *tener*   Two roommates are talking about how they and other people feel. Complete the following exchanges, using expressions with **tener**.

1.   —¿Deseas comer un sándwich?

    —No, gracias, _____.

2.   —¿_____, Aurora?

    —Sí, ¿hay refrescos en el refrigerador?

    —Sí, hay una soda.

3.   —¿Tienes _____, Alicia?

    —Sí, necesito dormir (*to sleep*).

4.   —¿Necesitas un suéter?

    —No, no _____.

5.   —¿Por qué abre Elba la ventana?

    —Porque _____.

6.   —¿_____, Teresa?

    —Sí, son las dos y veinte y yo tengo que estar en la universidad a las dos y media.

A. Minidiálogos

Complete the following, using vocabulary from Lesson 4.

1. —¿Los chicos están contentos?

    —No, están muy _____ porque no pueden ir a la playa hoy.

2. —El sábado es el cumpleaños de mi hermana. _____ veinte años.

    —¿Van a dar una _____?

    —Sí, y vamos a tener muchos _____. Tú también estás _____.

    —¿Van a bailar? ¿Tú _____ bien?

    —No, yo soy un _____ como bailarina.

3. —¿Tienes hambre? ¿_____ comer algo?

    —No, _____ de comer, pero deseo beber algo. Tengo mucha _____.

    —¿Quieres una _____?

    —Sí, gracias.

4. —¿Qué piensas hacer (*to do*) el _____ de semana?

    —Voy a ir al _____ de diversiones. ¿Tú quieres ir?

    —No. Yo _____ ir al zoológico.

5. —¿Por qué no vas a ver a tu mamá?

    —Porque no tengo dinero para el _____. Yo soy muy _____.

6. —¿Ana tiene mucho que hacer hoy?

    —Sí, está muy _____ con los _____ para la fiesta. Ella va a _____ la comida.

    —¿Quién va a _____ las fotos?

    —Mi papá.

B. ¿Qué dice Ud.? You find yourself in the following situations. What do you say?

1. You ask a friend if he/she wants to go to a party with you. You tell him/her that you want to dance with him/her.

   _____

   _____

2. There's going to be a party. You are going to do the following:

   a. Prepare a lot of food.

   b. Take pictures.

   _____

   _____

3. There is a glass of water on the table. You ask a friend whether it's for you or for him or her.

   _____

4. You ask a little girl what her name is and how old she is.

   _____

5. You propose a toast and say "cheers."

   _____

   _____

6. Someone wants you to travel. Indicate that you don't have (any) money for the trip.

   _____

7. Someone offers you food. Tell him that you are not hungry, but you are very thirsty.

   _____

8. Tell a friend that you are going to have a party on Saturday. Add that she is invited.

   _____

   _____

C. ¿Qué pasa aquí? Look at the illustration and answer the following questions.

1. ¿Es una fiesta de Navidad?

   _____

2. ¿Es el cumpleaños de Pablo?

   _____

3. ¿Cuántos años tiene Armando?

   _____

4. ¿Quién da la fiesta?

   _____

5. ¿Carmen es la novia de Armando?

   _____

6. ¿Por qué no baila Hernán?

   _____

7. ¿Qué va a comer Hernán?

_____

8. ¿Con quién baila Gabriela?

_____

9. ¿Con quién está Elsa?

_____

10. ¿Con qué brindan Elsa y Fernando?

_____

11. ¿Marcos tiene hambre o tiene sed?

_____

12. ¿Ud. cree que Ana y José son novios o que son hermanos?

_____

EL MUNDO HISPÁNICO Y TÚ

Complete the following chart.

México
1. Famosas playas mexicanas: _____ , _____ y _____
2. Un ejemplo de arquitectura mesoamericana: _____
3. Una muestra de la arquitectura colonial española: _____
4. La plaza más grande de Latinoamérica: _____
5. Ciudad origen del mariachi y del tequila: _____
6. Autor de *El Laberinto de la Soledad*: _____
7. Dos famosos pintores mexicanos: _____ y _____
8. La segunda universidad más antigua de Norteamérica: _____

LECCIÓN 4
Laboratory Activities

SITUACIONES

🔊 CD2-17 **¡Bienvenido!** Listen to the dialogues twice, paying close attention to the speakers' intonation and pronunciation patterns. First, listen to the entire dialogue; then, as you listen for a second time, pause the recording after each sentence and repeat after the speaker.

🔊 CD2-18 **A. Preguntas y respuestas** You will now hear questions about the dialogue. Answer each one, omitting the subject. The speaker will confirm your response. Repeat the correct response.

🔊 CD2-19 **B. ¿Qué dice Ud.?** The speaker will present several situations based on the dialogue. Respond appropriately in Spanish to each situation. The speaker will confirm your response. Repeat the correct response. Follow the model.

> **Modelo:** You ask a child if he is hot.
> *¿Tienes calor?*

PRONUNCIACIÓN

🔊 CD2-20 **A. The sound of the Spanish *b* and *v***

- Repeat each word, imitating the speaker's pronunciation.

veinte	bien
venir	baile
Viviana	bebida
Víctor	sobrina

- When you hear the number, read the corresponding sentence aloud. Then, listen to the speaker and repeat the sentence.
  1. ¿Vas a Burgos para buscar a Viviana?
  2. Victoria baila con Vicente Barrios.
  3. En el verano, Bárbara va a Varsovia con Basilio.

🔊 CD2-21 **B. The sound of the Spanish *d***

- Repeat each word, imitating the speaker's pronunciation.

delgado	universidad
de	sábado
debe	bebida
dos	adiós

- When you hear the number, read the corresponding sentence aloud. Then, listen to the speaker and repeat the sentence.
  1. Dorotea mide dos yardas de seda.
  2. ¿Cuándo es la boda de Diana y Dionisio?
  3. ¿Por dónde anda Delia, doña Dora?

◄))) C. The sound of the Spanish _g_ (before _a_, _o_, or _u_)
CD2-22

- Repeat each word, imitating the speaker's pronunciation.

delgado	Durango
guapo	gusto
gordo	Gabriel

- Repeat the following words.

amigo	hago
pregunta	llega
uruguaya	Hugo

- Repeat the following words.

Guevara	guitarra
Guillermo	guerra
alguien	

- When you hear the number, read the corresponding sentence aloud. Then, listen to the speaker and repeat the sentence.
  1. Gustavo Guerrero ganó la guerra.
  2. El águila lanzó la daga en el agua.
  3. El gordo guardó la guitarra en el gabinete.

ESTRUCTURAS

◄))) A. Pronouns as objects of prepositions   Answer each of the following questions, using the
CD2-23   second alternative given. The speaker will confirm your response. Repeat the correct response.
Follow the model.

> **Modelo:**   ¿Vas a ir con ellas o con nosotros?
> _Voy a ir con ustedes._

◄))) B. Contractions   Answer each question you hear, using the cue provided. The speaker will confirm
CD2-24   your response. Repeat the correct response. Follow the model.

> **Modelo:**   ¿A quién llamas? (profesor Vega)
> _Llamo al profesor Vega._

1. (doctor)
2. (club)
3. (señor López)

4. (novia de Luis)
5. (profesora)
6. (amigo de Juan)

◄))) C. Present indicative of the irregular verbs _ir_, _dar_, and _estar_   You will hear several
CD2-25   statements, each followed by a question. Answer each question, using the cue provided. The
speaker will confirm your response. Repeat the correct response. Follow the model.

> **Modelo:**   Luis va a la fiesta. ¿Y tú? (al baile)
> _Yo voy al baile._

1. (con Raúl)
2. (con Carmen)
3. (el domingo)

4. (en Colorado)
5. (no)
6. (el domingo)

🔊 D. *Ir a* + infinitive   You will hear some statements about what people do on different occasions.
CD2-26   Using the cues provided, respond by saying what the new subjects are *going* to do. The speaker will confirm your response. Repeat the correct response. Follow the model.

> **Modelo:** Ana trabaja los lunes. (yo / los sábados)
> *Yo voy a trabajar los sábados.*

1. (nosotros / por la mañana)
2. (tú / los martes)
3. (Anita / el viernes)
4. (ustedes / a las seis)
5. (ellos / tamales)

🔊 E. Present indicative of *e:ie* stem-changing verbs   The speaker will ask several questions.
CD2-27   Answer each one, using the cue provided. The speaker will confirm your response. Repeat the correct response. Follow the model.

> **Modelo:** ¿Adónde quieren ir ustedes? (a la universidad)
> *Queremos ir a la universidad.*

1. (a las siete)
2. (a las ocho)
3. (no, con Antonio)
4. (no, esta tarde)
5. (sí)
6. (a las diez)
7. (sí)

🔊 F. Expressions with *tener*   Use expressions with **tener** to say how the people described in each
CD2-28   statement feel, according to the situation. The speaker will confirm your response. Repeat the correct response. Follow the model.

> **Modelo:** I am in Alaska in January.
> *Usted tiene mucho frío.*

🔊 **A. Dibujos** (*Drawings*)   You will hear three statements about each drawing. Choose the letter of the
CD2-29 statement that best corresponds to the drawing. The speaker will verify your response.

1.

a   b   c

2.

a   b   c

3.

a   b   c

4.

a   b   c

5.

a   b   c

🔊 **B. Unos diálogos breves**   Before listening to the dialogues in this section, study the
CD2-30 comprehension questions below. Reviewing the questions ahead of time will help you to
remember key information as you listen. Then, listen carefully to the dialogues and answer each
question, omitting the subject. The speaker will confirm your response. Repeat the correct answer.

1.   ¿Por qué no quiere comer Estela?
2.   ¿Estela tiene sed?
3.   ¿Qué prefiere tomar?
4.   ¿Cuántos años tiene Marta?
5.   ¿Qué celebra Marta hoy?
6.   ¿Dónde va a dar Marta la fiesta?
7.   ¿A qué hora empieza la fiesta?
8.   ¿Jorge está invitado a la fiesta?
9.   ¿Por qué no quiere bailar Silvia?
10.   ¿Qué va a abrir Silvia?

◀))) **C. Para contestar** Answer the questions you hear, using the cues provided. The speaker will
D2-31   confirm your answers. Repeat the correct answer.

1. (cine)
2. (la casa de mi familia)
3. (parque de diversiones)
4. (mi mamá)
5. (museo)
6. (mi vecino)
7. (ir a una discoteca)
8. (mi tía)
9. (sí, un rato)
10. (sí)

◀))) **D. Tome nota** You will hear a young man describe his birthday party. First, listen carefully for
CD2-32 general comprehension. Then, as you listen for a second time, fill in the information requested.

¡Es una fiesta de _____ !

Para _____

Día _____

Hora _____

Lugar _____

◀))) **E. Dictado** The speaker will read six sentences. Each sentence will be read twice. After the first
CD2-33 reading, write what you heard. After the second reading, check your work and fill in what you
missed.

1. _____

2. _____

3. _____

4. _____

5. _____

6. _____

Hasta ahora... Una prueba

You have finished **Lecciones 3** and **4**. How much have you learned about structure and vocabulary?

A. Complete the following exchanges, using the present indicative of the verbs given.

1. —¿Dónde _____ (estar) tú ahora?

   —_____ (Estar) en la casa de mi tía.

   —¿Tus padres _____ (venir) hoy?

   —No, porque no _____ (tener) tiempo.

   —¿Tú _____ (querer) ir a la fiesta de Ada?

   —Sí, (yo) _____ (ir) con Antonio. ¿Y tú?

   —Yo _____ (preferir) ir al cine.

2. —¿Dónde _____ (comer) ustedes?

   —Nosotros _____ (comer) en la cafetería y después _____ (ir) a la biblioteca.

   —¿A qué hora _____ (cerrar) ellos la biblioteca hoy?

   —A las diez. ¿Tú _____ (ir) esta noche?

   —Sí, _____ (ir) a las siete.

3. —¿Tú _____ (dar) fiestas los sábados?

   —No, yo _____ (dar) fiestas los viernes.

   —¿Dónde _____ (vivir) tú?

   —Yo _____ (vivir) en la calle Ocho.

   —¿Adónde _____ (pensar) ir tú y Carlos mañana?

   —_____ (Pensar) ir a la fiesta del club.

   —¿A qué hora _____ (empezar) la fiesta?

   —A las ocho.

B. Solve these arithmetic problems.

1. siete mil + cuatro mil + cien + cuatrocientos = _____

2. cuatrocientos mil + trescientos mil = _____

3. doscientos ochenta + trescientos veinte = _____

4. cuatrocientos cincuenta + cuatrocientos noventa = _____

5. setenta mil + treinta mil + ochocientos = _____

C. Complete the following exchanges, using the Spanish equivalent of the words in parentheses.

1. —Estela es _____. (*a very pretty girl*)

    Ella vive en _____. (*our house*)

    —¿Cuántos años tiene ella?

    — _____ años. (*She's nineteen*)

2. —¿Jorge está _____, Anita? (*with you*)

    —Sí, está _____. (*with me*)

    —¿Uds. _____ hoy? (*are going to study*)

    —Sí, con _____. (*Mr. Soto's son*)

3. —¿Tú visitas _____ los domingos? (*your parents*)

    —Sí, pero mañana ellos _____. (*are going to be busy*)

4. —¿ _____ un vaso de agua, señorita? (*Do you want*)

    —Sí, por favor. _____. (*I'm very thirsty*)

    —¿Desea _____? (*to have something to eat*)

    —No, gracias. _____. (*I'm not hungry*)

D. Arrange these words and phrases in groups of three, according to categories.

encantador	hija	empleo	nervioso	alegre	periódico	madre
tener hambre	querer	bonita	concierto	tomar	brindis	amable
comer algo	cine	linda	animado	diario	mi amor	asistir
este fin de semana	venir	comida	salud	preferir	solicitud	mi vida
pasado mañana	vino	rubia	morena	tener sed	pelirroja	novia
la semana que viene	leer	cortés	trabajo	simpática	beber	frustrado
entusiasmado	ir	enojado	desear	teatro	hermana	

1. _____   _____   _____

2. _____   _____   _____

3. _____   _____   _____

4. _____   _____   _____

5. _____   _____   _____

6. _____   _____   _____

7. _____   _____   _____

8. _____ _____ _____

9. _____ _____ _____

10. _____ _____ _____

11. _____ _____ _____

12. _____ _____ _____

13. _____ _____ _____

14. _____ _____ _____

15. _____ _____ _____

16. _____ _____ _____

E. Write the questions that originated the following answers.

1. —¿_____?

   —Hoy vengo a las ocho de la noche.

2. —¿_____?

   —Sí, hoy tengo que estudiar porque tengo un examen.

3. —¿_____?

   —Nosotros vamos a la discoteca esta noche.

4. —¿_____?

   —Sí, nosotros tenemos una clase juntos.

5. —¿_____?

   —Mis padres viven en Arizona.

6. —¿_____?

   —No, no voy contigo a la universidad. Voy con Luis.

7. —¿_____?

   —No, no tengo hambre, pero (sí) tengo sed.

8. —¿_____?

   —Ana y yo damos la fiesta.

9. —¿_____?

   —No, hoy no queremos ir a bailar.

10. —¿_____?

    —Las clases empiezan en septiembre.

Un paso más

Octubre

lunes	martes	miércoles	jueves	viernes	sábado	domingo
1	2 *Conferencia Dra. Nieto*	3	4 *Discoteca 11:00*	5 *Concierto 8:30*		6
7	8 *Examen de francés*	9	10 *Informe de sociología*	11	12 *Tenis Sergio 9:00*	13
14 *Examen de matemáticas*	15	16 *Tía Marta viene de Guanajuato*	17	18	19 *Fiesta de cumpleaños (Eva)*	20
21 *Llevar a Nora al aeropuerto*	22	23 *Examen de física*	24	25	26 *Picnic— Playa Preparar sándwiches*	27
28 *Examen de biología*	29	30 *Dentista 2:00*	31			

A. Octubre en el calendario de Verónica Answer the questions below, according to what Verónica's calendar reflects.

1. ¿Cuántos exámenes tiene Verónica en octubre?

_____

2. ¿En qué fecha da la Dra. Nieto una conferencia?

_____

3. ¿Dónde va a ser el picnic?

_____

4. ¿Qué tiene que preparar Verónica para el picnic?

   _____

5. ¿De dónde viene la tía de Verónica?

   _____

6. ¿Quién celebra su cumpleaños este mes?

   _____

7. ¿Da una fiesta?

   _____

8. ¿A qué hora es el concierto?

   _____

9. ¿Para qué clase tiene que escribir Verónica un informe?

   _____

10. ¿Verónica piensa ir a la discoteca el sábado?

   _____

11. ¿Con quién va a jugar (*play*) al tenis?

   _____

12. ¿Qué idioma estudia Verónica?

   _____

13. ¿Adónde tiene que ir Verónica el 30 de octubre?

   _____

14. ¿A qué hora tiene que estar en el consultorio (*office*) del dentista?

   _____

15. ¿A quién tiene que llevar Verónica al aeropuerto?

   _____

B. Two Mexican students are coming to your city and are staying for a week. On a separate sheet of paper, prepare a list of all the places they are going to see, the people they are going to meet (**conocer**), and the activities you will organize for them. Make sure they have a wonderful time. Give details!

LECCIÓN 5

Workbook Activities

ESTRUCTURAS

A. Comparative forms Imagine that this picture is a photo taken at a party that you attended. Look at the picture and complete the following sentences, relating what the people are doing and establishing comparisons among them.

1. Alberto _____ _____ con Rita. Rita es _____ _____ _____ que

    Alberto. Él es _____ _____ que ella.

2. Julio y Elisa _____ _____. Julio es mucho _____ _____ que ella. Elisa es la

    _____ _____ de la fiesta.

3. Luis es _____ _____ que Mario. Mario es el _____ _____ de la fiesta.

4. Pedro es _____ _____ que Alberto.

5. Estela y Dora _____ _____ café. Estela es _____ _____ que Dora.

6. Rita es bonita, pero no es _____ _____ _____ Estela.

B. Irregular comparative forms Compare the following people, places, and things to each other.

1. Beto: veinticinco años / Tito: catorce años

   _____

2. el restaurante Don Pepe: bueno / el restaurante Miramar: excelente

   _____

3. el hotel Siesta: malo / el hotel Costa: muy, muy malo

   _____

4. yo: veinte años / mi primo (cousin): veintidós años

   _____

C. Present indicative of _o:ue_ stem-changing verbs I Complete the chart below.

Subject	Infinitive	Present Indicative
1. yo	poder	
2.		volvemos
3. Uds.	almorzar	
4.		encuentras
5. Luis	dormir	
6.		vuelo
7. los chicos	recordar	
8.		podemos
9. el cuadro	costar	

D. Present indicative of *o:ue* stem-changing verbs II   Somebody wants to know about your plans. Answer his questions, using the cues provided.

1.   ¿Puede Ud. viajar (*travel*) a México este verano? (sí)

_____

2.   ¿Cuánto cuesta viajar a México? (quinientos dólares)

_____

3.   ¿Ud. y su familia vuelan a México? (sí)

_____

4.   ¿A qué hora vuelve Ud. a su casa hoy? (a las cinco)

_____

5.   Ud. y sus amigos, ¿almuerzan en la cafetería o en su casa? (en la cafetería)

_____

6.   Ud. necesita hablar con su profesor hoy. ¿Recuerda su número de teléfono? (no)

_____

E. Present progressive   You are reporting on what everybody is doing. Use the present progressive tense to describe everyone's actions as completely as possible.

1.   Ella _____

_____

_____

2.   Tú _____

_____

_____

3.   Ellos _____

_____

_____

4. El camarero _____

_____ la cena.

5. Yo _____

_____ una carta (*letter*).

6. Nosotros _____

_____ .

F. Uses of *ser* and *estar* Complete each of the following sentences with either **ser** or **estar**, as appropriate. Indicate the reason for your choice by placing the corresponding number in the blank provided before the sentence.

*Uses of **ser***

1. characteristic / expressions of age
2. material that something is made of
3. nationality / origin / profession
4. time and dates
5. event that is taking place
6. possession / relationship

*Uses of **estar***

7. condition
8. location
9. reaction / sensory perception

_____ 1. ¡La ensalada _____ deliciosa!

_____ 2. Ellos _____ enfermos.

_____ 3. Miguel Ángel _____ mi hermano.

_____ 4. La fiesta _____ en el Club Tropicana.

_____ 5. Nosotros _____ norteamericanos: yo _____ de Arizona y ella

_____ de Utah.

_____ 6. El hospital _____ en la calle Cuarta.

_____ 7. Ana _____ muy bonita.

_____ 8. Los cuadernos _____ de Irene.

_____ 9. El café _____ frío.

_____ 10. ¿Dónde _____ tu hermana?

_____ 11. Rogelio _____ muy inteligente.

_____ 12. Yo _____ profesor.

_____ 13. _____ las dos y media.

_____ 14. La mesa _____ de metal.

G. Weather expressions Say what the weather is like in different parts of the country.

Chicago   Miami   Alaska   Oregón

1. En Chicago _____ y _____.

2. En Miami _____ y _____.

3. En Alaska _____ y _____.

4. En Oregón _____.

A. Minidiálogos   Complete the following, using vocabulary from Lesson 5.

1. —¿Por qué no quieres pedir _____ con leche de _____?

    —Porque estoy _____ calorías.

2. —¿Quieres tomar agua _____ o un refresco?

    —Agua con _____.

3. —¿A qué hora desayunan Uds.?

    —Desayunamos a las siete. Almorzamos al _____ y _____ a las nueve de la noche.

    —¿Qué desayunan?

    —Desayunamos huevos _____ con jamón; _____ de frutas,

    café con _____ y _____ tostado.

4. —Estoy _____ de hambre. ¿Vamos al restaurante?

    —¿Tú _____ la cuenta?

    —Sí, pero tú _____ la propina.

5. —¿Qué desea comer?

    —Bistec con _____ de papas, _____ de fideos y ensalada.

    —¿Y para beber?

    —_____ tinto. Tráigame también flan con _____ y helado.

6. —¿Dónde están tus padres de _____?

    —Están en El Salvador, pero están furiosos porque _____ todos los días y

    no _____ ir a la playa.

    —Es que, en El Salvador están en la _____ de las lluvias.

B. **¿Qué se dice?** You find yourself in the following situations. What do you say?

1. You are trying to convince your friend Amalia to go on a blind date with Hugo. Tell her he's tall, dark, and handsome, and that he is a little older than she (is).

   _____

   _____

2. You call a friend on the phone and ask him what he's doing. Tell him that you are reading a book and writing a report.

   _____

   _____

3. You are at a restaurant. Tell the waiter to bring you steak with French fries and vegetable soup.

   _____

   _____

4. You are describing what your brother and sister are doing. You tell your mother that she is watching T.V. and he is sleeping.

   _____

   _____

5. You e-mail a friend who lives in Guatemala. Ask her what the weather is like there and tell her it's cold and it's raining in . . . (your city).

   _____

   _____

6. You ask someone if he has as much money as his father (does).

   _____

7. A friend invites you to go to a restaurant. Tell him your friend that you can't go because you don't have (any) money.

   _____

   _____

8. You ask a friend what he is drinking. Say that you want a soft drink.

   _____

   _____

C. ¿Qué pasa aquí? Look at the illustration and answer the following questions.

1. ¿En qué restaurante están estas personas?

    _____

2. ¿Qué celebran Héctor y Viviana?

    _____

3. ¿Es su segundo (*second*) aniversario?

    _____

4. ¿Cuánto deja Alfredo para el mozo?

    _____

5. ¿Adónde quiere ir Alfredo ahora?

    _____

6. ¿Con quién quiere ir?

    _____

7. ¿Con quién cena Marcelo?

    _____

8.   ¿Qué recomienda el mozo?

_____

9.   ¿Qué pide (*orders*) Marcelo para tomar?

_____

10.   ¿Qué va a pedir Delia?

_____

11.   ¿Con quiénes cena Carlos?

_____

12.   ¿Qué va a pedir Carlos de postre?

_____

13.   ¿Qué va a pedir Ana?

_____

14.   Mientras Ana y Carlos comen el postre, ¿qué va a hacer Beto?

_____

VAMOS A LEER

El mensaje electrónico de Cristina

Querida Esmeralda:

¿Cómo estás? Nosotros estamos bien, pero estamos trabajando mucho, especialmente Fernando, que siempre está muy ocupado.

Esta noche vienen unos amigos a cenar con nosotros, y voy a servir pescado a la parrilla, papas al horno y vegetales. De postre, arroz con leche y, para beber, un buen vino blanco.

Esmeralda, si vienes en octubre, podemos ir a Antigua, una de las ciudades más interesantes de Centroamérica. Si tenemos tiempo, también podemos ir a Tikal, las famosas ruinas mayas.

¿Hace mucho calor en México ahora? Aquí, como siempre, hace buen tiempo.

Bueno, tengo que empezar a cocinar. Saludos a tu familia.

Un abrazo,

Cristina

¡Conteste!   Answer the following questions based on the reading.

1.   ¿Qué está escribiendo Cristina?

_____

2.   ¿Quién está muy ocupado siempre?

_____

3.   ¿Quiénes vienen a cenar esta noche?

_____

4.   ¿Qué va a servir Cristina para comer?

_____

5.   ¿Qué va a preparar de postre?

_____

6.   ¿Van a beber vino tinto?

_____

7.   ¿Cuándo piensa ir Esmeralda a Guatemala?

_____

8.   ¿Cómo es Antigua?

_____

9.   ¿Qué otro lugar (*place*) pueden visitar?

_____

10.   ¿Qué tiempo hace ahora en Guatemala?

_____

EL MUNDO HISPÁNICO Y TÚ

Complete the following charts.

Guatemala

1. Guatemala es el país de la eterna _____.

2. Una de las mejores muestras de la cultura precolombina: _____

3. Una de las principales atracciones turísticas del país: _____

4. Principales productos de exportación: _____, _____ y _____

5. Moneda del país: _____

6. Libro maya: _____

7. Premio Nobel de Literatura: _____

8. Premio Nobel de la Paz: _____

El Salvador

1. El Salvador es el más _____ de los países de Centroamérica.

2. La capital del país es _____.

3. El volcán más joven es el _____.

4. La Joya de Cerén es un pueblo _____ del _____ VII.

5. El deporte más popular en las playas es el _____.

6. San Salvador es la ciudad más _____.

LECCIÓN 5
Laboratory Activities

🔊 **CD3-2** **¿Qué comemos…?** Listen to the dialogues twice, paying close attention to the speakers' intonation and pronunciation patterns. First, listen to the entire dialogue; then, as you listen for a second time, pause the recording after each sentence and repeat after the speaker.

🔊 **CD3-3** **A. Preguntas y respuestas** You will now hear questions about the dialogue. Answer each one, omitting the subject. The speaker will confirm your response. Repeat the correct response.

🔊 **CD3-4** **B. ¿Qué dice Ud.?** The speaker will present several situations based on the dialogue. Respond appropriately in Spanish to each situation. The speaker will confirm your response. Repeat the correct response. Follow the model.

> **Modelo:** You ask the waiter to bring you the menu.
> *Tráigame el menú.*

PRONUNCIACIÓN

🔊 **CD3-5** **A. The sound of the Spanish p**

- Repeat each word, imitating the speaker's pronunciation.

perfectamente	tiempo	oportunidad
propina	papá	septiembre
pescado	primo	poder

- When you hear the number, read the corresponding sentence aloud. Then, listen to the speaker and repeat the sentence.
    1. Para practicar, preciso tiempo y plata.
    2. Pablo puede pedirle la carpeta.
    3. El pintor pinta un poco para pasar el tiempo.

🔊 **CD3-6** **B. The sound of the Spanish t**

- Repeat each word, imitating the speaker's pronunciation.

nieta	restaurante	practicar
tío	torta	tinto
otro	este	foto

- When you hear the number, read the corresponding sentence aloud. Then, listen to the speaker and repeat the sentence.
    1. ¿Todavía tengo tiempo o es tarde?
    2. Tito trae tomates para ti también.
    3. Teresa tiene tres teléfonos en total.

◀))) **C. The sound of the Spanish *c***
CD3-7

- Repeat each word, imitating the speaker's pronunciation.

  café   contar   cuñado
  nunca   copas   cuánto
  calle   simpático   cuándo

- When you hear the number, read the corresponding sentence aloud. Then, listen to the speaker and repeat the sentence.

  1. Carmen Cortés compró un coche.
  2. Cándido conoció a Paco en Colombia.
  3. Coco canta canciones cubanas.

◀))) **D. The sound of the Spanish *q***
CD3-8

- Repeat each word, imitating the speaker's pronunciation.

  Quintana   aquí
  Roque   quiere
  queso   Quique

- When you hear the number, read the corresponding sentence aloud. Then, listen to the speaker and repeat the sentence.

  1. ¿Qué quiere Roque Quintana?
  2. ¿Quieres quedarte en la quinta?
  3. El pequeño Quique quiere queso.

ESTRUCTURAS

◀))) **A. Comparisons of inequality**   Respond to each statement you hear, using the comparative form.
CD3-9   The speaker will confirm your response. Repeat the correct response. Follow the model.

   Modelo: Yo soy alto.
   Yo soy más alto que tú.

◀))) **B. Comparisons of equality**   Establish comparisons of equality between the people described
CD3-10   in each pair of statements you hear. The speaker will confirm your response. Repeat the correct response. Follow the model.

   Modelo: Jorge es bajo. Pedro es bajo.
   Jorge es tan bajo como Pedro.

◀))) **C. The superlative**   You will hear several statements describing people or places. Using the cues
CD3-11   provided, express the superlative. The speaker will confirm your response. Repeat the correct response. Follow the model.

   Modelo: Tomás es muy guapo. (de la clase)
   Sí, es el más guapo de la clase.

   1. (de California)
   2. (de la clase)
   3. (de la familia)
   4. (de la ciudad)

🔊 **D. Present indicative of *o:ue* stem-changing verbs**   Answer each question you hear,
CD3-12   using the cue provided. The speaker will confirm your response. Repeat the correct response.
Follow the model.

Modelo: ¿Marcos puede venir hoy? (no)
No, no puede venir.

1. (en la cafetería)
2. (dos dólares)
3. (en enero)
4. (sí)
5. (no)
6. (no)

🔊 **E. Present progressive**   Rephrase each of the following statements, using the present progressive
CD3-13   tense. The speaker will confirm your response. Repeat the correct response. Follow the model.

Modelo: Jorge come ensalada.
Jorge está comiendo ensalada.

🔊 **F. Uses of *ser* and *estar***   Combine the phrases given to form sentences, using the appropriate
CD3-14   form of **ser** or **estar**. The speaker will confirm your response. Repeat the correct response.
Follow the model.

Modelo: mis padres / de Guatemala
Mis padres son de Guatemala.

🔊 **G. Weather expressions**   Using the cues provided, say what the weather is like in each place.
CD3-15   The speaker will confirm your response. Repeat the correct response. Follow the model.

Modelo: ¿Qué tiempo hace en Phoenix? (calor)
Hace calor.

1. (mucho frío)
2. (llover mucho)
3. (viento)
4. (nevar mucho)
5. (haber niebla)

A. Dibujos (*Drawings*) You will hear three statements about each drawing. Choose the letter of the
statement that best corresponds to the drawing. The speaker will verify your response.

CD3-16

1.

a   b   c

2.

a   b   c

3.

a   b   c

4.

a   b   c

5.

a   b   c

B. Unos diálogos breves Before listening to the dialogues in this section, study the comprehension
questions below. Reviewing the questions ahead of time will help you to remember key
information as you listen. Then, listen carefully to the dialogues and answer each question,
omitting the subject. The speaker will confirm your response. Repeat the correct answer.

CD3-17

1. ¿Rosa y Carlos almuerzan en la cafetería?
2. ¿Dónde almuerzan?
3. ¿Por qué no almuerzan en la cafetería?
4. ¿Por qué no va a almorzar Luis con Rosa y con Carlos?
5. ¿Qué no recuerda Oscar?
6. ¿Cuándo vuela Rita a México?
7. ¿Cuándo vuelve?
8. ¿Anita es mayor o menor que Carlos?
9. ¿Quién es más alto?
10. ¿Anita es la hermana de Carlos?

🔊 **C. Para contestar** Answer the questions, using the cues provided. The speaker will confirm your
CD3-18 response. Repeat the correct response.

1. (baja)
2. (menor)
3. (a la parrilla)
4. (en un restaurante)
5. (no)

6. (el mantel y las servilletas)
7. (sol)
8. (té frío)
9. (jugo de frutas)
10. (perro caliente)

🔊 **D. Tome nota** You will hear a couple ordering food in a restaurant. First, listen carefully for general
CD3-19 comprehension. Then, as you listen for a second time, fill in the information requested.

	Señora	**Señor**
Comida	_____	_____
	_____	_____
Bebida	_____	_____
	_____	_____
Postre	_____	_____
	_____	_____

🔊 **E. Dictado** The speaker will read six sentences. Each sentence will be read twice. After the first
CD3-20 reading, write what you heard. After the second reading, check your work and fill in what you
missed.

1. _____

2. _____

3. _____

4. _____

5. _____

6. _____

LECCIÓN 6
Workbook Activities

ESTRUCTURAS

A. Demonstrative adjectives   We are pointing to these objects and people. Write the names of the items illustrated, using the Spanish equivalent of the demonstrative adjectives given.

1.   this, these

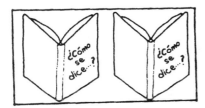

a. _____

b. _____

c. _____

d. _____

2.   that, those

a. _____

b. _____

c. _____

d. _____

3. that (over there), those (over there)

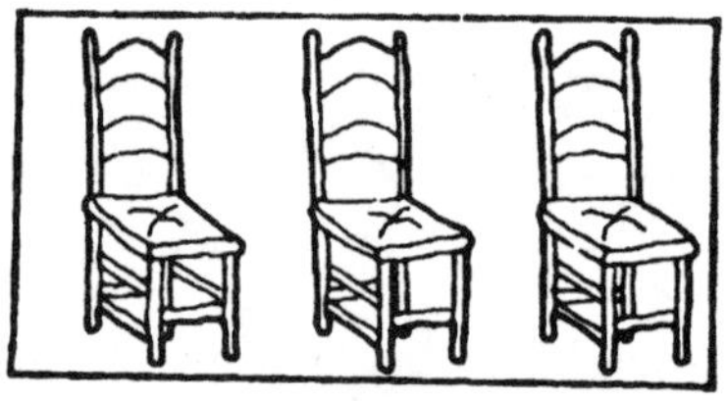

a. _____

b. _____

c. _____

d. _____

B. Present indicative of *e:i* stem-changing verbs I   Complete the chart below.

Infinitive	yo	tú	Ud., él, ella	nosotros(as)	Uds., ellos, ellas
1. servir					
2.	pido				
3.		dices			
4.			sigue		
5.					consiguen

C. Present indicative of *e:i* stem-changing verbs II   Complete the following paragraphs to explain what you and your friends do when you eat out and shop. Use the verbs listed. The numbers in parentheses indicate how many times each verb should be used.

pedir (3)   conseguir (1)   decir (2)   servir (1)

En el restaurante El Azteca _____ los mejores tamales y las mejores enchiladas.

Roberto y yo siempre _____ tamales y Jorge _____ enchiladas. Nora

_____ que nosotros siempre _____ lo mismo (*the same thing*).

Mañana, Jorge va a ir a una tienda donde él siempre _____ discos compactos de

música mexicana. Él _____ que la música de México es la mejor.

D. Stem-changing verbs: Review   Someone is always asking questions. Complete the following dialogues, using stem-changing verbs (**e:ie**, **o:ue**, and **e:i**). This will give you a chance to review them.

1.   —Carla, ¿tú _____ ir a la fiesta de Juan?

—Yo no _____ ir porque tengo que trabajar. ¿Tú vas?

—No, yo _____ ir al club a bailar.

2.   —¿A qué hora _____ a servir el desayuno en el hotel?

—A las siete. _____ desayuno continental y desayuno americano.

—¿Cuánto _____ el desayuno continental?

—Cinco dólares, pero yo siempre _____ el desayuno americano.

3. —¿Cuándo _____ Uds. de sus vacaciones?

—En agosto, porque las clases _____ en septiembre.

—Cuando Uds. van a Chile, ¿_____ o van en coche?

—_____, porque es más rápido (*faster*).

4. —¿Tú _____ en la cafetería?

—No, porque la cafetería _____ a las dos y yo trabajo hasta las tres.

5. —(Yo) No _____ mis llaves (*keys*). ¿Dónde están?

—Tú siempre _____ tus llaves.

6. —Cuando tus abuelos hablan en italiano, ¿tú _____ lo que (*what*) _____?

—No, no _____ nada.

E. Affirmative and negative expressions Someone is quite wrong about Elena and her husband. Set him straight. Rewrite the following story, making all sentences negative.

Elena siempre va a San Francisco y su esposo también va. Siempre compran algo porque tienen mucho dinero. Algunos de sus amigos vienen a su casa los domingos, y Elena sirve vino o refrescos. Elena es muy simpática y su esposo también es muy simpático.

_____

_____

_____

_____

_____

_____

_____

_____

F. Verbs with irregular first-person forms Tell about yourself by answering the following questions. Use the cues provided.

1. ¿A qué hora sales de tu casa? (siete)

_____

2. ¿Qué coche conduces? (Ford)

_____

3. ¿Traes los libros a la universidad? (sí)

_____

4. ¿Conoces a muchos de los estudiantes de la universidad? (sí)

   _____

5. ¿Sabes el número de teléfono de tu profesor? (no)

   _____

6. En la clase, ¿traduces del inglés al español? (sí)

   _____

7. ¿Haces los quehaceres por la mañana o por la tarde? (la mañana)

   _____

8. ¿Dónde pones tus libros cuando llegas a tu casa? (en mi escritorio)

   _____

9. ¿Qué días ves a tus amigos? (los domingos)

   _____

G. *Saber* **vs.** *conocer*   What does everybody know? Write sentences using **saber** or **conocer** and the elements given.

1. nosotros / Teresa

   _____

2. yo / el poema / de memoria

   _____

3. Elsa / no / California

   _____

4. ellos / cocinar

   _____

5. tú / novelas de Cervantes

   _____

6. Armando / no bailar

   _____

H. Direct object pronouns I Complete the following dialogues, using direct object pronouns.

    Modelo: ¿Ella llama **a Teresa**?
                Sí, ella *la* llama.

1. ¿Ellos **te** visitan?

   Sí, ellos _____ visitan.

2. ¿Tú llamas **a Jorge**?

   Sí, yo _____ llamo.

3. ¿Tú vas a comprar **las revistas**?

   Sí, yo voy a comprar _____.

4. ¿Uds. **nos** llaman (a nosotras)?

   Sí, nosotros _____ llamamos.

5. ¿Jorge va a llevar **a los chicos**?

   Sí, Jorge va a llevar _____.

6. ¿Anita limpia **el baño**?

   Sí, Anita _____ limpia.

7. ¿Tú **me** llamas mañana? (*Use the* **tú** *form.*)

   Sí, yo _____ llamo mañana.

8. ¿Ellos **las** llevan (**a Uds**.) a la fiesta?

   Sí, ellos _____ llevan a la fiesta.

9. ¿Ellos **las** llevan (**a ellas**) a la fiesta?

   Sí, ellos _____ llevan a la fiesta.

10. ¿Tú puedes traer **la camisa de Jorge**?

    Sí, yo puedo traer _____.

I. Direct object pronouns II Your friend is asking you many questions about your plans. Answer them, using the cues provided and the appropriate direct object pronouns.

1. ¿Cuándo puedes traer **las maletas**? (mañana)

   _____

2. ¿Puedes llamar**me** esta noche? (sí) (*Use the* **tú** *form.*)

   _____

3. ¿Tú tienes **las sábanas**? (no)

   _____

4. ¿Tú aceptas todas **las invitaciones** que recibes? (sí)

   _____

5. ¿Quién **te** lleva a la parada de autobuses? (mi tío)

   _____

6. ¿Tú vas cortar **el césped** hoy? (sí)

   _____

7. ¿Vas a visitar **a tus amigos** esta noche? (sí)

   _____

8. ¿Quién los va a llevar a **Uds**. al aeropuerto? (mi prima)

   _____

MÁS PRÁCTICA

A.   Minidiálogos   Complete the following, using vocabulary from Lesson 6.

1. —¿Dónde están los chicos?

   —Están en la _____ de autobuses.

   —¿Tú puedes ir a _____?

   —No, ellos van a _____ un taxi.

2. —¿Cuáles son los _____ de la casa que no te gusta hacer?

   —No me gusta _____ el _____ de baño; no me gusta _____ los

   platos, y tampoco me gusta _____ el césped.

3. —Lisa, ¿tú me puedes _____ a _____ las camisas?

   —Ahora no puedo, estoy limpiando el cuarto de _____.

   —Bueno, necesitas _____ las sábanas y _____ los muebles.

4. —Estoy muy cansada. Tengo mucho trabajo.

   —¿Por qué no llamas a la _____ de empleos? Tú necesitas una _____.

5. —¿Qué tienes que hacer hoy?

   —Tengo que _____ la aspiradora, y también tengo que _____ el piso.

—¿Quién va a _____ el garaje?

—Carlos. Él ya tiene la escoba.

6. —Rita, tienes que lavar y doblar la _____ y después tienes que _____ la basura.

—Ahora no puedo. Estoy leyendo un _____ muy interesante en esta _____.

B. ¿Qué dice Ud.?   You find yourself in the following situations. What do you say?

1. You ask a friend what he serves at his parties, and ask him where he gets a good red wine.

   _____

2. Describe to a friend all the chores you are going to do next Saturday: wash and fold clothes, iron some shirts, make the beds, and cook.

   Voy a _____

   _____

3. Complain to your roommate. Tell him/her that he/she never helps you with the housework.

   _____

4. Tell a friend that you and your brother are going to be at the bus stop and ask him if he can go pick you up.

   _____

   _____

5. Ask a friend if he / she can help you to tidy up the guest room.

   _____

   _____

6. You tell someone that you are going to call the employment office because you need a maid.

   _____

   _____

7. Tell someone that you have to mow the lawn and mop the floor.

   _____

   _____

8. You tell someone that you have to iron you father's shirt.

   _____

   _____

C. ¿Qué pasa aquí? Look at the illustration and answer the following questions about what is going on in each apartment on a Saturday morning.

1. ¿Quién está pasando la aspiradora? _____

2. ¿Qué va a hacer Eva? _____

3. ¿Qué está limpiando Rita? _____

4. ¿Qué está haciendo la Sra. Miño? _____

5. ¿Qué está haciendo Lisa? _____

6. ¿Qué tiene que hacer José? _____

7. ¿Qué va a necesitar José para hacerlo? _____

8. ¿José está mirando una telenovela o está mirando un partido de fútbol?

   _____

9. ¿Qué está haciendo Adolfo? _____

10. ¿Quién está haciendo la cama? _____

EL MUNDO HISPÁNICO Y TÚ

Complete the following charts.

Honduras

1. Capital: _____

2. Otra ciudad importante: _____

3. Base de la economía del país: _____

4. Mayor atracción turística: _____

5. Moneda del país: _____

6. Una de las maravillas del mundo moderno es la biosfera del _____.

Nicaragua

1. Capital: _____

2. Otras ciudades importantes: _____ y _____

3. Base de la economía del país: _____

4. Base de muchas de sus comidas típicas: _____ y _____

5. Mayor lago de agua dulce de América Central: _____

6. La isla más grande del mundo en medio de un lago: _____

7. Gran poeta nicaragüense: _____

LECCIÓN 6
Laboratory Activities

SITUACIONES

🔊 **CD3-21** **¡Tocan a la puerta!** Listen to the dialogues twice, paying close attention to the speakers' intonation and pronunciation patterns. First, listen to the entire dialogue; then, as you listen for a second time, pause the recording after each sentence and repeat after the speaker.

🔊 **CD3-22** **A. Preguntas y respuestas** You will now hear questions about the dialogue. Answer each one, omitting the subject. The speaker will confirm your response. Repeat the correct response.

🔊 **CD3-23** **B. ¿Qué dice Ud.?** The speaker will present several situations based on the dialogue. Respond appropriately in Spanish to each situation. The speaker will confirm your response. Repeat the correct response. Follow the model.

> **Modelo:** You ask a friend if he knows Rafael's address.
> *¿Tú sabes la dirección de Rafael?*

PRONUNCIACIÓN

🔊 **CD3-24** **A. The sound of the Spanish g**

- Repeat each word, imitating the speaker's pronunciation.

Gerardo	Argentina	recoger
agencia	general	agente
Ginés	inteligente	Genaro

- When you hear the number, read the corresponding sentence aloud. Then, listen to the speaker and repeat the sentence.
  1. Gerardo le da el registro al agente.
  2. El general y el ingeniero recogieron los giros.
  3. Ginés gestionó la gira a Argentina.

🔊 **CD3-25** **B. The sound of the Spanish j**

- Repeat each word, imitating the speaker's pronunciation.

Julia	dejar	garaje
jota	hijo	debajo
jugo	viajar	jueves

- When you hear the number, read the corresponding sentence aloud. Then, listen to the speaker and repeat the sentence.
  1. Julia juega con Josefina en junio.
  2. Juan Juárez trajo los juguetes de Jaime.
  3. Esos jugadores jamás jugaron en Jalisco.

🔊 C. The sound of the Spanish *h*
CD3-26

- Repeat each word, imitating the speaker's pronunciation.

hay	Hilda	habitación
Honduras	hermano	hasta
ahora	hotel	hija

- When you hear the number, read the corresponding sentence aloud. Then, listen to the speaker and repeat the sentence.
  1. Hay habitaciones hasta en los hoteles.
  2. Hernando Hurtado habla con su hermano.
  3. Hortensia habla con Hugo en el hospital.

ESTRUCTURAS

🔊 **A. Demonstrative adjectives and pronouns**   Answer each of the following questions by saying
CD3-27   that you prefer the object that is farthest from you and the speaker, using the verb **preferir** and
the equivalent of *that one over there* or *those over there*. The speaker will confirm your response.
Repeat the correct response. Follow the model.

> **Modelo:**   ¿Quieres esta lista o esa?
> *Prefiero aquella.*

🔊 **B. Present indicative of *e:i* stem-changing verbs**   Answer each question you hear, using the
CD3-28   cue provided. The speaker will confirm your response. Repeat the correct response. Follow the
model.

> **Modelo:**   ¿Qué piden Uds.? (agua mineral)
> *Pedimos agua mineral.*

1. (pollo y ensalada)
2. (a las doce)
3. (sí)

4. (sí)
5. (no)

🔊 **C. Affirmative and negative expressions**   Give a negative response to each question you hear.
CD3-29   The speaker will confirm your response. Repeat the correct response. Follow the model.

> **Modelo:**   ¿Quieres comprar algunas revistas?
> *No, no quiero comprar ninguna revista.*

🔊 **D. Verbs with irregular first-person forms**   Answer the following questions in the affirmative.
CD3-30   The speaker will confirm your response. Repeat the correct response. Follow the model.

> **Modelo:**   ¿Traes a tu amiga a la fiesta?
> *Sí, traigo a mi amiga a la fiesta.*

🔊 **E. *Saber* vs. *conocer***   Say what or whom the following people know, using **saber** or **conocer** and
CD3-31   the cues provided. The speaker will confirm your response. Repeat the correct response. Follow the
model.

> **Modelo:**   Sergio (a María)
> *Sergio conoce a María.*

1. (hablar español)
2. (Nicaragua)
3. (dónde viven)

4. (las novelas de Cervantes)
5. (a sus padres)

F. Direct object pronouns Say that Luis will be able to take the following people to a party in his car. The speaker will confirm your response. Repeat the correct response. Follow the model.

CD3-32

> **Modelo:** Yo no tengo coche.
> *Luis puede llevarme.*

MÁS PRÁCTICA

A. Dibujos (*Drawings*) You will hear three statements about each drawing. Choose the letter of the statement that best corresponds to the drawing. The speaker will verify your response.

CD3-33

1.

a b c

2.

a b c

3.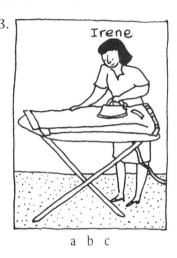

a b c

4.

a b c

5.

a b c

B. Unos diálogos breves Before listening to the dialogues in this section, study the comprehension questions below. Reviewing the questions ahead of time will help you to remember key information as you listen. Then, listen carefully to the dialogues and answer each question, omitting the subject. The speaker will confirm your response. Repeat the correct answer.

CD3-34

1. ¿A qué hora llama Sergio a Gloria?
2. ¿Por qué no puede llamarla a las siete?
3. ¿Quién tiene los libros de Gloria?
4. ¿Cuándo piensa visitar Ana a Olga?
5. ¿Va a invitar a Daniel?
6. ¿A qué hora sirven la comida en la casa de Amalia?
7. ¿Quién está sirviendo la comida ahora?

🔊 **C. Para contestar** The speaker will ask you some questions. Answer each question, using the cues
CD3-35 provided. The speaker will confirm your response. Repeat the correct response.

1. (mi mamá)
2. (los sábados)
3. (sí)
4. (los viernes)
5. (París)

6. (sí)
7. (no, nunca)
8. (no)
9. (no)
10. (tres)

🔊 **D. Tome nota** You will hear a dialogue in which Delia and her husband, Mario, discuss household
CD3-36 chores. First, listen carefully for general comprehension. Then, as you listen for a second time, list
the chores that each one is going to do.

Delia	Mario
1. _____	1. _____
_____	_____
2. _____	2. _____
_____	_____
3. _____	3. _____
_____	_____
4. _____	4. _____
_____	_____

🔊 **E. Dictado** The speaker will read six sentences. Each sentence will be read twice. After the first
CD3-37 reading, write what you heard. After the second reading, check your work and fill in what you
missed.

1. _____

2. _____

3. _____

4. _____

5. _____

6. _____

● Hasta ahora... Una prueba

Let's combine the structure and the vocabulary from **Lecciones 5** and **6**. How much can you remember?

A. Complete the following exchanges, using the present indicative of the verbs given.

1. —¿Tú _____ (poder) estudiar conmigo y con Saúl el sábado?

   —Yo no _____ (conocer) a Saúl··· y los sábados, _____ (salir) con Roberto.

2. —¿(Ellos) _____ (servir) comida mexicana en ese restaurante?

   —No necesitamos ir a un restaurante. Yo _____ (hacer) tamales muy buenos···

   —Yo no _____ (saber) hacer tamales, pero _____ (conseguir) tacos muy sabrosos en una taquería.

3. —¿Dónde _____ (almorzar) ustedes?

   —_____ (Almorzar) en el restaurante Miramar. Yo siempre _____ (pedir) langosta o camarones.

   —Yo siempre _____ (decir) que ese restaurante es excelente.

4. —¿A qué hora _____ (volver) tú a tu casa?

   —Si tomo el ómnibus, _____ (volver) a las seis, pero si _____ (conducir) mi coche, estoy en mi casa a las cinco.

B. Complete the following exchanges, using the Spanish equivalent of the words in parentheses.

1. —¿Necesita _____? (*anything*)

   —Sí, quiero leer _____. (*these magazines*)

2. —¿Quién _____ la comida? (*is serving*)

   —Mi mamá. Ana _____ y Teresa _____ en su cuarto. (*is studying / is sleeping*)

   —¿Y tú?

   —Yo _____. (*am not doing anything*)

3. —¿Tú vas a fregar los platos?

   —Sí. ¿Tú puedes _____? (*dry them*)

   —No, no puedo _____, Anita. Estoy ocupado. (*help you*)

4. —¿Ustedes van a ir a la casa de Marta?

—Sí, ella _____. (*needs us*)

—¿Hay _____ en su casa en _____ momento? (*anybody / this*)

—No, _____. (*there's nobody*)

5. —¿Dónde _____ la fiesta de Silvia? (*is*)

—En el hotel Azteca, _____ la ciudad. (*the best in*)

6. —¿Dices que _____? (*it's raining*)

—Sí, y _____. (*it's very cold*)

7. —¿Ana _____ Pablo? (*is older than*)

—Sí, pero él _____ ella. (*is much taller than*)

8. —Esteban _____ muy inteligente. (*is*)

—¡Tú _____ inteligente _____ él! (*are as / as*)

9. —¡El pollo _____ muy sabroso! ¿Quieres un pedazo? (*is*)

—No, gracias. No tengo mucha hambre. Voy a comer _____ ensalada. (*that*)

C. Arrange this vocabulary in groups of three, according to the different categories.

a la parrilla	helado	pagar	dormitorio	copa
jugo de frutas	frito	cuñada	barrer	cuchillo
lavar la ropa	vino tinto	té frío	comedor	taxi
sala de estar	cuenta	taza	autobús	al horno
pasar la aspiradora	refresco	legumbre	ómnibus	verdura
flan	cuchara	camarones	propina	champán
doblar la ropa	suegra	torta	tenedor	langosta
trapear el piso	vaso	pescado	nuera	cerveza
planchar	ensalada			

1. _____   _____   _____

2. _____   _____   _____

3. _____   _____   _____

4. _____   _____   _____

5. _____   _____   _____

6. _____   _____   _____

7. _____   _____   _____

8. _____   _____   _____

9. _____   _____   _____

10. _____   _____   _____

11. _____   _____   _____

12. _____   _____   _____

13. _____   _____   _____

14. _____   _____   _____

D. Write the questions that originated the following answers.

1. —_____

—El Hotel Hilton es el mejor de la ciudad.

2. —_____

—No, yo no tengo tanto dinero como tú.

3. —_____

—No podemos hacer surfing porque llueve todos los días.

4. —_____

—No, Raúl no está leyendo; está durmiendo.

5. —_____

—Nosotros pedimos flan.

6. —_____

—No, no conozco a nadie de Chile.

7. —_____

—No, no quiero esas revistas, prefiero aquellas.

8. —_____

—Te traigo las camisas mañana.

9. —_____

—No, no sé dónde vive Ernesto.

10. —_____

—No, no compré nada en el mercado.

Un paso más

A. Look at this ad for a restaurant, and answer the questions that follow.

Restaurante
El favorito

Especialidad de la casa: Pescados y mariscos
Menú Internacional

Ambiente familiar
Vista panorámica
Música y baile los
sábados y domingos
Almuerzo y cena

Postres caseros[†]
Vinos importados
Salones privados
para grupos de 12
a 20 personas

homemade

Desde el año 1975... ¡Y continuamos sirviendo la comida más fabulosa de Managua!

Para hacer reservaciones, llame al teléfono 63-48-90

Aceptamos tarjetas de crédito[°]

Abierto[†] de martes a domingo desde las 11 hasta las 23 horas

Calle Central, número 550

credit cards
Open

1. ¿Cuál es la dirección del restaurante El favorito?

   _____

2. ¿Cómo puedo hacer reservaciones?

   _____

3. ¿Puedo comer en el restaurante un lunes?

   _____

4. ¿Qué podemos usar para pagar la cuenta?

   _____

5. ¿Sirven desayuno (*breakfast*) en el restaurante El favorito?

   _____

6. ¿Podemos pedir langosta y camarones en el restaurante?

   _____

7. ¿Sirven solamente comida típica de Nicaragua?

_____

8. ¿Cree usted que los postres son buenos? ¿Por qué?

_____

9. Si yo voy con siete amigos, ¿podemos tener un salón privado?

_____

10. ¿El restaurante El favorito es nuevo?

_____

11. ¿Es un restaurante adecuado para familias?

_____

12. ¿Qué podemos hacer los sábados y los domingos?

_____

B. You are taking the weekend off, so you must do all your household chores during the week. Make a to-do list, indicating what chores you are going to do every day. Include what you are going to prepare for meals. Name at least twelve chores.

Repaso de vocabulario (Lecciones 1–6)

A. Match the questions in column A with the answers in column B.

	A		**B**
1.	¿No tienes hambre?	a.	Jamón con huevos.
2.	¿Está enojado?	b.	Sí, de ojos castaños.
3.	¿No quieres bailar?	c.	No, al horno.
4.	¿Doña Luz es tu abuela?	d.	La solicitud de empleo.
5.	¿Rafael es tu tío?	e.	A las seis de la tarde.
6.	¿Qué van a comer?	f.	Con ella habla.
7.	¿Luis es tu cuñado?	g.	No, pollo.
8.	¿Quieres papas fritas?	h.	Muy bonita y encantadora.
9.	¿Tú vas a pagar la cuenta?	i.	Sí, es el hermano de mi mamá.
10.	¿A qué hora cenan ustedes?	j.	Fernando Villarreal.
11.	¿Vas a pedir pescado?	k.	No, es una amiga.
12.	¿Eva es morena?	l.	No, acabo de almorzar.
13.	¿Quién es Nora?	m.	Calle Quinta, número 120.
14.	¿Qué tienes que llenar?	n.	Sí, es el hermano de mi esposa.
15.	¿Qué quieres beber?	o.	Sí, por favor.
16.	¿Está Amalia?	p.	No mucho.
17.	¿Pablo es alto?	q.	¡Furioso!
18.	¿Cómo es Sara?	r.	Bien.
19.	¿Estela es la novia de Luis?	s.	Química.
20.	¿Cómo te llamas?	t.	No, estoy muy cansada.
21.	¿Qué hay de nuevo?	u.	No, de estatura mediana.
22.	¿Cómo te va?	v.	Sí, y tú dejas la propina.
23.	¿Necesitas ayuda?	w.	Vino tinto.
24.	¿Cuál es tu dirección?	x.	Mi compañera de cuarto.
25.	¿Qué clase tomas los lunes?	y.	Sí, es la mamá de mi papá.

B. Circle the word or phrase that best completes each sentence.

1. Quiero (un plato, una taza, un tenedor) de café.
2. Ana y yo estudiamos (juntos, fáciles, difíciles).
3. No soy puntual; siempre llego tarde (por la noche, solamente, a todos lados).
4. Necesito un (borrador, lápiz, marcador) para escribir en la pizarra.
5. Voy a cortar (los muebles, el césped, los cuchillos).
6. Tengo mis libros en la (mochila, pluma, luz).
7. Yo (pongo, traigo, salgo) las revistas en la mesa.
8. Tenemos que hacer los trabajos de la casa porque no tenemos (mantel, servilletas, criada).
9. ¿Tú vas a (secar, sacar, sacudir) la basura?
10. Teresa va a dormir en (el cuarto de huéspedes, la tablilla de anuncios, el pupitre).
11. Anita es la (sobrina, suegra, nieta) favorita de su abuela.
12. Tengo que (doblar, trapear, barrer) la ropa.
13. Voy al mercado. (En seguida, Siempre, Esta vez) vuelvo.
14. Voy a cambiar las (revistas, camisas, sábanas) de la cama.
15. Voy a (esperar, pasar, suspirar) la aspiradora.
16. El camarero (practica, anota, platica) el pedido.
17. ¿Eduardo es gordo o (pelirrojo, delgado, guapo)?
18. Roberto es el (marido, fideo, mundo) de Adela.
19. La primavera es mi (langosta, ropa, estación) favorita.
20. De postre, quiero (helado, pescado, verduras).

LECCIÓN 7
Workbook Activities

ESTRUCTURAS

A. Indirect object pronouns I Carlos is very helpful. Write what he brings to the following people, using indirect object pronouns. Follow the model.

Modelo: Adela pide una toalla.
Carlos le trae una toalla.

1. Yo pido jabón.

_____

2. Uds. piden una cámara fotográfica.

_____

3. Nosotros pedimos las maletas.

_____

4. Ud. pide la llave.

_____

5. Tú pides una cámara de video.

_____

6. Ernesto pide el almuerzo.

_____

7. María y Jorge piden la cena.

_____

8. Estela pide el desayuno.

_____

B. Indirect object pronouns II Someone wants to know what is being done for everybody. Tell him, by answering the following questions, using the cues provided.

1. ¿A quién le vas a dar el dinero? (a Raúl)

_____

2. ¿Me vas a comprar algo a mí? (no, nada)

_____

3.   ¿Qué te va a traer el botones? (el equipaje)

    _____

4.   ¿Qué nos vas a comprar tú? (un reloj)

    _____

5.   ¿Qué les sirve a ustedes su mamá? (pollo y ensalada)

    _____

6.   ¿Cuánto dinero le vas a dar a tu hermana? (cien dólares)

    _____

C. Constructions with *gustar* I   Complete the following chart, using the verb **gustar**.

Sentence in English	Indirect object	Verb **gustar**	Person(s) or thing(s) liked
1. I like this room.	Me	gusta	esta habitación.
2. I like these suitcases.	Me	gustan	esas maletas.
3. You (*fam.*) like the book.	Te		
4. He likes the pens.			
5. She likes her job.	Le		
6. We like this restaurant.	Nos		
7. You (*pl.*) like this city.	Les		
8. They like to work.			
9. I like to dance.			
10. You (*fam.*) like this hotel.			
11. He likes to travel.			
12. We like this class.			
13. They like their professors.			

D. Constructions with *gustar* II   A group of people is going to travel. Say what they like better by rewriting each sentence. Substitute the expression **gustar más** for **preferir**.

> **Modelo:**   Ana prefiere viajar con su familia.
> *A Ana le gusta más viajar con su familia.*

1. Yo prefiero viajar en el verano.

   _____

2. Ella prefiere el hotel Hilton.

   _____

3. Nosotros preferimos este restaurante.

   _____

4. Ellos prefieren ir a Panamá.

   _____

5. Tú prefieres las maletas azules.

   _____

6. Ustedes prefieren salir por la mañana.

   _____

E. Time expressions with *hacer* I   Complete the following chart, using the Spanish construction for length of time.

Sentence in English	*Hace*	Length of time	*que*	Subject	Verb in the present tense
1. I have been studying for three years.	*Hace*	*tres años*	*que*	*(yo)*	*estudio.*
2. You have been working for two days.				*(tú)*	
3. You have been traveling for a month.				*(Ud.)*	
4. She has been reading for four hours.					
5. He has been sleeping for six hours.					
6. You have been dancing for two hours.				*(Uds.)*	
7. They have been writing for two hours.					

F. Time expressions with *hacer* II   Say how long each action has been going on. Follow the model.

> **Modelo:**   Son las siete. Trabajo desde (*since*) las tres.
> *Hace cuatro horas que trabajo.*

1.   Estamos en diciembre. Vivo aquí desde febrero.

_____

2.   Son las ocho. Estoy aquí desde las ocho menos veinte.

_____

3.   Estamos en el año 2012. Estudio en esta universidad desde el año 2010.

_____

4.   Estamos en noviembre. No veo a mis padres desde julio.

_____

5.   Son las cuatro de la tarde. No como desde las diez de la mañana.

_____

Name ______________________ Section ____________ Date __________

G. Preterit of regular verbs I Complete the following chart with the corresponding preterit forms.

Infinitive	**yo**	**tú**	**Ud., él, ella**	**nosotros(as)**	**Uds., ellos, ellas**
1. hablar	*hablé*	*hablaste*	*habló*	*hablamos*	*hablaron*
2. caminar	*caminé*			*caminamos*	
3. cerrar			*cerró*		
4. empezar		*empezaste*			
5. llegar				*llegamos*	
6. buscar					*buscaron*
7. comer	*comí*	*comiste*	*comió*	*comimos*	*comieron*
8. prometer			*prometió*		
9. volver	*volví*				
10. leer			*leyó*		
11. creer	*creí*				
12. vivir	*viví*	*viviste*	*vivió*	*vivimos*	*vivieron*
13. escribir		*escribiste*			
14. recibir				*recibimos*	
15. abrir			*abrió*		

H. Preterit of regular verbs II   Miguel has a daily routine. Rewrite the paragraph, changing the verbs to the preterit to say what happened yesterday.

Yo salgo de mi casa a las diez y llego a la universidad a las once. Ada y yo estudiamos en la biblioteca y después comemos en la cafetería. Después de las clases trabajo en la oficina. Vuelvo a mi casa a las seis, leo un rato y ceno. Mis padres me llaman a las siete.

_____

_____

_____

_____

_____

_____

_____

_____

_____

I. Ordinal numbers   These people are attending a convention in Panama. According to their room number, say which floor they are on.

Modelo: Carlos Reyes: 597
Carlos Reyes está en el quinto piso.

1.   Miguel Fuentes: 245

_____

2.   Ángel Batista: 750

_____

3.   Silvia Larra: 386

_____

4.   Arturo Gálvez: 960

_____

5.   Ester Vázquez: 437

_____

6.   Nora Ballesteros: 124

_____

7.   Rubén Acosta: 689

_____

8. Alberto Cortés: 817

_____

9. Caridad Basulto: 1045

_____

MÁS PRÁCTICA

A. Minidiálogos   Complete the following, using vocabulary from Lesson 7.

1. —Delia, ¿tú habitación es con _____ al mar?

   —Sí, y es muy cómoda.

   —¿En qué _____ está?

   —Está en el quinto, pero el hotel tiene _____ y no tengo que usar la escalera.

2. —Señorita Vargas, ¿Ud. tiene _____ para hoy?

   —No, pero estoy en la _____ de espera.

   —Bueno, tenemos una habitación _____.

   —¿Tiene _____ acondicionado?

   —Sí, y tiene _____ de Internet. El _____ puede llevar sus maletas al cuarto.

   —Muy bien, Aquí tiene mi _____ de crédito.

3. —Dora, el hotel tiene _____. Podemos nadar un rato.

   —Yo prefiero mirar la _____ que pasan en el _____ cinco.
   Y después comer en el cuarto.

   —El hotel no tiene servicio de _____. Tenemos que ir al restaurante.

4. —Hoy quiero mandarles unas tarjetas _____ a mis hermanos. Necesito comprarlas.

   —Podemos ir a la _____ de regalos que está al _____ de la escalera.

   —¿Tú tienes la _____ del cuarto?

   —Sí, aquí la tengo.

   —Tenemos que dejarla en la _____ antes de salir del hotel.

5. —Jaime, necesito cambiar dinero. ¿A cómo está el cambio de _____?

—No sé. Oye, tengo hambre. ¿A qué hora sirven el _____?

—Creo que lo sirven de once a una.

—¿Sabes a qué hora debemos _____ el cuarto mañana?

—A las doce del día.

6. —¿Qué vas a hacer hoy al mediodía?

—Voy a dormir un rato. Hace tiempo que no tomo una _____.

—¿Qué vas a hacer por la tarde?

—Voy a _____ ejercicio, y después podemos ir a nadar.

B. ¿Qué dice Ud.?   You find yourself in the following situations. What do you say?

1. At a hotel, you ask if they have vacant rooms. You tell them that you don't have a reservation, but your name (*nombre*) is on the waiting list.

   _____

   _____

2. You ask if the bellhop can take your suitcases to the room. Ask also where the elevator is.

   _____

   _____

3. You ask a friend if he likes a room with an ocean view or a room with a view of the mountain better.

   _____

   _____

4. At a hotel, you ask what time you have to vacate the room. You also ask what the rate of exchange is.

   _____

   _____

5. Back from a trip, you tell your parents that you sent them a postcard and ask if they got it.

   _____

   _____

6. You work at a hotel. Ask a lady how you may help her.

_____

_____

7. You ask a friend if he wants to swim for a while after lunch.

_____

_____

8. You ask a friend if he / she prefers to watch a movie or to take a nap.

_____

_____

C. ¿Qué pasa aquí? Look at the illustration and answer the following questions.

1. ¿A qué hora es el desayuno?

_____

2. ¿A qué hora es el almuerzo?

_____

3. ¿A qué hora es la cena?

_____

4. ¿El cuarto es interior?

_____

5. ¿Es una habitación sencilla o doble?

_____

6. ¿Tiene el cuarto baño privado?

_____

7. ¿Cuántas maletas tienen Magali y Javier?

_____

8. ¿Qué no tiene Magali?

_____

9. ¿Qué quiere comprar Magali? ¿Cuánto cuesta?

_____

10. ¿Dónde está Javier?

_____

11. ¿Qué va a pedir Javier?

_____

12. ¿Cuántas toallas hay en el baño?

_____

VAMOS A LEER

De vacaciones

Marta y su esposo Rubén están de vacaciones, viajando por Costa Rica.
Antes de salir de su casa, llamaron por teléfono al hotel Herradura, en
San José, para reservar una habitación doble con vista a la calle y con aire
acondicionado.

    Cuando llegaron al hotel, hablaron con un empleado y recogieron° la   *picked up*
llave de la habitación. El botones llevó las maletas al cuarto y Rubén le dio°   *gave*
una buena propina. A Marta le gustó mucho la habitación, y después de
descansar° un rato decidieron comer en el restaurante del hotel antes de   *rest*
salir a pasear° por la ciudad para visitar algunos lugares de interés.   *walk around*

¡Conteste! Answer the following questions based on the reading.

1. ¿Qué están haciendo Marta y Rubén en Costa Rica?

   _____

2. ¿Para qué llamaron al hotel Herradura?

   _____

3. ¿En qué ciudad está el hotel?

   _____

4. ¿La habitación es con vista a la calle o interior?

   _____

5. Marta y Rubén no van a tener calor en su cuarto. ¿Por qué?

   _____

6. ¿Quién llevó las maletas al cuarto?

   _____

7. ¿Qué recibió el botones?

   _____

8. ¿Le gustó la habitación a Marta?

   _____

9. ¿Dónde comieron Marta y Rubén?

   _____

10. ¿Qué visitaron en San José?

   _____

Complete the following charts.

Costa Rica

1. La economía de Costa Rica es una de las mejores de _____.

2. Costa Rica produce principalmente _____, _____

   y _____.

3. Dos lugares de interés turístico son: _____ y _____.

4. Parque nacional que tiene varios volcanes: _____

5. Premio que recibió Oscar Arias en 1987: _____

Panamá

1. Principal fuente de ingreso: _____

2. Ciudades más importantes: _____ y _____

3. Océanos que une el canal: _____ y _____

4. Bellezas ecológicas del país: _____ y _____

5. Importante reserva biológica: _____

6. Famoso cantante y actor panameño: _____

LECCIÓN 7
Laboratory Activities

SITUACIONES

De vacaciones en Costa Rica Listen to the dialogues twice, paying close attention to the speakers' intonation and pronunciation patterns. First, listen to the entire dialogue; then, as you listen for a second time, pause the recording after each sentence and repeat after the speaker.
CD4-2

A. Preguntas y respuestas You will now hear questions about the dialogues. Answer each one, omitting the subject. The speaker will confirm your response. Repeat the correct response.
CD4-3

B. ¿Qué dice Ud.? The speaker will present several situations based on the dialogue. Respond appropriately in Spanish to each situation. The speaker will confirm your response. Repeat the correct response. Follow the model.
CD4-4

> **Modelo:** You ask a friend if he likes to travel.
> *¿Te gusta viajar?*

PRONUNCIACIÓN

A. The sound of the Spanish _ll_
CD4-5

- Repeat each word, imitating the speaker's pronunciation.

calle	llegar	botella
llevar	llave	platillo
cuchillo	pollo	

- When you hear the number, read the corresponding sentence aloud. Then, listen to the speaker and repeat the sentence.
  1. Allende lleva la silla amarilla.
  2. Las huellas de las llamas llegan a la calle.
  3. Lleva la llave, los cigarrillos y las botellas.

B. The sound of the Spanish _ñ_
CD4-6

- Repeat each word, imitating the speaker's pronunciation.

español	señorita	España
señor	mañana	año
niño	otoño	

- When you hear the number, read the corresponding sentence aloud. Then, listen to the speaker and repeat the sentence.
  1. La señorita Muñoz le da una muñeca a la niña.
  2. La señora española añade vino añejo.
  3. Toño tiñe el pañuelo del niño.

A. Indirect object pronouns Respond to the following questions with complete sentences, using the cues provided. The speaker will confirm your response. Repeat the correct response. Follow the model.

CD4-7

Modelo: ¿Qué me traes?
Te traigo un libro.

1. (una cámara de video)
2. (la hora)
3. (dinero)
4. (el desayuno)
5. (las maletas)

B. Constructions with *gustar* Answer the following questions, using expressions with **gustar** and the cues provided. The speaker will confirm your response. Repeat the correct response. Follow the model.

CD4-8

Modelo: ¿Prefieres Costa Rica o Panamá? (Costa Rica)
Me gusta más Costa Rica.

1. (playa)
2. (película)
3. (escalera)
4. (el canal dos)
5. (con vista al mar)
6. (otoño)

C. Time expressions with *hacer* Answer the following questions, using the cues provided. The speaker will verify your response. Repeat the correct response. Follow the model.

CD4-9

Modelo: ¿Cuánto tiempo hace que trabajas en este hotel? (dos meses)
Hace dos meses que trabajo en este hotel.

1. (un año)
2. (diez años)
3. (una hora)
4. (veinte minutos)
5. (dos semanas)

D. Preterit of regular verbs Answer the following questions, changing the verbs to the preterit. The speaker will confirm your response. Repeat the correct response. Follow the model.

CD4-10

Modelo: ¿No vas a estudiar?
Ya estudié.

E. Ordinal numbers You will hear nine cardinal numbers. After each one, give the corresponding ordinal number. The speaker will confirm your response. Repeat the correct response. Follow the model.

CD4-11

Modelo: cinco
quinto

MÁS PRÁCTICA

🔊 **A. Dibujos** (*Drawings*) You will hear three statements about each drawing. Choose the letter of the
CD4-12 statement that best corresponds to each drawing. The speaker will verify your response.

1.

a b c

2.

a b c

3.

a b c

4.

a b c

5.

a b c

🔊 **B. Unos diálogos breves** Before listening to the dialogues in this section, study the comprehension
CD4-13 questions below. Reviewing the questions ahead of time will help you to remember key information
as you listen. Then, listen carefully to the dialogues and answer each question, omitting the subject.
The speaker will confirm your response. Repeat the correct answer.

1. ¿Qué le gustó más a Amelia de su viaje?
2. ¿Les mandó tarjetas postales a sus amigos?
3. ¿Le escribió a su mamá?
4. ¿En qué piso está la habitación de Teresa?
5. ¿Teresa va a usar el ascensor?
6. ¿Qué va a usar?
7. ¿Por qué va a usar la escalera?
8. ¿Cuánto tiempo hace que Ana conoce a Guillermo?
9. ¿Dónde lo conoció?
10. ¿Le gustó Panamá a Ana?

◄))) C. Para contestar Answer the questions you hear, using the cues provided. The speaker will
CD4-14 confirm your answers. Repeat the correct answer.

1. (de vacaciones)
2. (la piscina)
3. (las seis)
4. (mucho tiempo)
5. (sí, mucho)

6. (no)
7. (no)
8. (la escalera mecánica)
9. (a las doce)
10. (el botones)

◄))) D. Tome nota You will hear a radio ad for a hotel in Costa Rica. First, listen carefully for general
CD4-15 comprehension. Then, as you listen for a second time, fill in the information requested.

— HOTEL SAN JOSÉ —

Dirección: _____

Teléfono: _____

Lista de precios

Habitaciones exteriores

    Dobles: $ _____

    Sencillas: $ _____

Habitaciones interiores

    Dobles: $ _____

    Sencillas: $ _____

Servicio de restaurante

Desayuno: De _____ a _____

Almuerzo: De _____ a _____

Cena: De _____ a _____

◄))) E. Dictado The speaker will read six sentences. Each sentence will be read twice. After the first
CD4-16 reading, write what you heard. After the second reading, check your work and fill in what
you missed.

1. _____

2. _____

3. _____

4. _____

5. _____

6. _____

LECCIÓN 8
Workbook Activities

ESTRUCTURAS

A. Direct and indirect object pronouns used together I   Complete the following chart.

Sentence in English	Subject	Indirect object pronoun	Direct object pronoun	Verb
1. I give it to you.	Yo	te	lo / la	doy.
2. You give it to me.	Tú			
3. I give it to him.		se		
4. We give it to her.				damos
5. They give it to us.				
6. I give it to you (*Ud.*).				
7. You give it to them.	Tú			

B. Direct and indirect object pronouns used together II   We all help each other! Who's going to do what? Complete the following sentences, using the appropriate direct and indirect object pronouns.

1.   Yo necesito los libros. ¿Tú _____ _____ puedes traer esta tarde?

2.   A Teresa le gusta esta orquídea. Yo _____ _____ voy a comprar.

3.   Nosotros no tenemos las computadoras. Sergio _____ _____ va a conseguir.

4.   Tú no tienes el regalo para Raquel. Yo _____ _____ puedo llevar a tu casa hoy.

5.   Carlos no sabe dónde está el talonario de cheques. ¿Tú _____ _____ puedes decir?

6.   Si tú necesitas estas copas, ellos _____ _____ pueden prestar.

C. Direct and indirect object pronouns used together III   We are going on a trip. Who is sending, buying, or lending necessary items? Answer the following questions, using the cues provided and substituting direct object pronouns for the direct objects.

> **Modelo:**   ¿Cuándo me traes el equipaje? (esta tarde)
> *Te lo traigo esta tarde.*

1. ¿Quién te compra los pasajes (*tickets*)? (mi hermano)

   _____

2. ¿A quién le prestas las maletas? (a Carmen)

   _____

3. ¿Quién te va a prestar el dinero? (mi prima) (*Write two ways.*)

   _____

   _____

4. ¿Quién les manda a ellos las tarjetas postales? (sus amigos)

   _____

5. ¿Quién les compra a Uds. la ropa? (mi tía)

   _____

6. ¿Tú puedes traerme los pasaportes? (sí) (*Write two ways.*)

   _____

   _____

D. Preterit of *ser*, *ir*, and *dar*   What happened yesterday? Complete the following paragraph, using the preterit of **ser**, **ir**, and **dar**.

Ayer José Enrique y yo _____ a un restaurante a almorzar para celebrar su

cumpleaños. José Enrique _____ mi compañero de clase el semestre pasado.

Yo le compré un regalo y se lo _____ en el restaurante. Por la noche sus padres

le _____ una fiesta en el Club Náutico y todos sus amigos _____.

_____ una fiesta magnífica.

E. Preterit of *e:i* and *o:u* stem-changing verbs   These people are talking about what took place yesterday. Complete the following exchanges, using the preterit of the verbs given.

1. **servir/pedir**

   —¿A qué hora _____ ellos el almuerzo?

   —A las doce.

   —¿Qué _____ Uds.?

   —Yo _____ langosta y Aurora _____ camarones.

2. **dormir**

   —¿Cómo _____ Uds.?

   —Yo _____ muy bien, pero Ana y Eva _____ muy mal.

3. **conseguir**

   —¿Dónde _____ ellos esas copas?

   —En Puerto Rico.

4. **morir**

   —¿Cuántas personas _____ en el accidente?

   —No _____ nadie.

5. **repetir/mentir** (*to lie*)

   —Beto dice que el profesor no _____ las preguntas.

   —Beto te _____.

F. Uses of *por* and *para* I   Look at the pictures below and describe what is happening, using **por** or **para**.

1. _____ pasa

_____ el banco.

2. El _____ es

_____ María.

3. Viajamos _____

_____ .

4. Hay vuelos _____

_____ .

5. Necesito el vestido (*dress*)

_____ .

6. Pagó diez _____

_____ .

7. Vengo _____

_____

_____ .

8. Me dio _____

_____ comprar

el _____ .

G. Uses of *por* and *para* II To talk about what is going on, complete each sentence with either **por** or **para**, as appropriate. Indicate the reason for your choice by placing the corresponding number in the blank provided before the sentence.

Uses of ***por***

1. motion, along
2. cause or motive of an action
3. means, manner, unit of measure
4. *in exchange for*
5. period of time during which an action takes place
6. *in search of*

Uses of ***para***

7. destination
8. goal for a point in the future
9. whom or what something is for
10. *in order to*
11. objective or goal

_____ 1. Tenemos una sorpresa _____ Elena.

_____ 2. Pagamos cuatro dólares _____ la pluma.

_____ 3. Las chicas caminan _____ la plaza.

_____ 4. Mañana _____ la noche vamos al teatro.

_____ 5. El mozo fue a la cocina _____ el pavo y el lechón.

_____ 6. Mañana te llamo _____ teléfono.

_____ 7. Necesitamos los cubiertos _____ el sábado.

_____ 8. Tengo que traer el mantel _____ poner la mesa.

_____ 9. Esa maleta es _____ mi sobrina.

_____ 10. Carlos estudia _____ profesor.

_____ 11. No podemos dormir afuera (*outside*) _____ la lluvia.

H. Formation of adverbs Roberto is talking about his grandparents. Form adverbs from the adjectives below, and then use them to complete what he is saying.

lento y claro	raro	especial
desgraciado	probable	general

_____ voy al banco los lunes, pero el próximo lunes _____ voy a ir a casa de mis abuelos.

Yo los veo muy _____, porque _____ ellos viven muy lejos. Voy a tomar dos días de

vacaciones _____ para ir a visitarlos.

Mi abuela es francesa y a veces no me entiende cuando le hablo en español; siempre

tengo que hablarle _____ y _____.

A. Minidiálogos   Complete the following, using vocabulary from Lesson 8.

1. —¿Tu tía fue a la _____ para comprar flores?

    —Sí, pero, por _____, le dio un _____ de alergia.

2. —Ayer me dieron una _____ porque _____ mi moto frente a una

    boca de _____. ¡Ah! ¡Ayer fue martes trece!

    —¡Eso es una _____! ¡Tú eres muy _____!

3. —Si les das _____ comida a los _____ de colores, los vas a matar.

    —¡No! ¡Tú estás _____! Ellos pueden comer mucho...

4. —¿Te gustan las orquídeas?

    —¡Me _____!

5. —¿Tú lavaste los pantalones?

    —No, los llevé a la _____. Después fui al banco y deposité dinero en mi

    _____ de ahorros.

6. —¿Tienes que _____ diligencias?

    —Sí, tengo que ir al banco para _____ un préstamo y comprar

    _____ de viajero.

7. —¿Sacaste dinero del _____ automático?

    —Sí, porque necesito dinero para comprar un _____ para mi novia.

    Es su cumpleaños. Le voy a comprar un _____ de margaritas.

8. —¿Qué le compraste a tu sobrino? ¿Un conejo o una _____?

    —Le compré un _____ de Indias. Estoy _____ de que le va a gustar
    mucho.

B. ¿Qué dice Ud.?   You find yourself in the following situations. What do you say?

1. You ask Mr. Barrios if he slept well last night, and whether they served him breakfast.

    _____

2. You ask Miss Fuentes whether they gave her the loan she asked for.

    _____

3. You tell a friend that, unfortunately, the goldfish that you bought for your niece died yesterday.

_____

4. You mention that you saved money in order to buy a motorcycle and they stole it from you.

_____

5. You mention that you have to go to the bank to deposit money in your checking account.

_____

6. You tell Mr. Barrios that a policeman gave you a ticket last week.

_____

7. You ask a little boy if he prefers a monkey, a parrot, a turtle, a rabbit, or a guinea pig.

_____

C. ¿Qué pasa aquí? Look at the illustration and answer the following questions.

1. ¿Dónde estaciona Mario su motocicleta?

_____

2. Si un policía ve la moto, ¿qué le va a poner a Mario?

_____

3. ¿Adónde va Mario?

   _____

4. ¿Qué tipo de cuenta tiene Mario en el banco?

   _____

5. ¿Qué tipo de cuenta no tiene?

   _____

6. ¿Qué solicita Olga?

   _____

7. ¿Cuánto dinero necesita?

   _____

8. ¿Para qué quiere el dinero?

   _____

9. ¿Le van a dar el préstamo?

   _____

10. ¿Qué piensa solicitar Juan?

   _____

EL MUNDO HISPÁNICO Y TÚ

Complete the following.

Puerto Rico

1. Capital: _____

2. Antiguo nombre de la isla: _____

3. Impuesto que pagan los estadounidenses y no pagan los puertorriqueños: _____

   _____.

4. Importante fuente de ingreso del país: _____

5. Uno de los barrios coloniales mejor conservados de Hispanoamérica: _____

   _____

6. Bosque tropical en Puerto Rico: _____

7. Símbolo de Puerto Rico: _____

LECCIÓN **8**

Laboratory Activities

SITUACIONES

🔊 **CD4-17** **¡Qué supersticioso eres!** Listen to the dialogues twice, paying close attention to the speakers' intonation and pronunciation patterns. First, listen to the entire dialogue; then, as you listen for a second time, pause the recording after each sentence and repeat after the speaker.

🔊 **CD4-18** **A. Preguntas y respuestas** You will now hear questions about the dialogue. Answer each one, omitting the subject. The speaker will confirm your response. Repeat the correct response.

🔊 **CD4-19** **B. ¿Qué dice Ud.?** The speaker will present several situations based on the dialogue. Respond appropriately in Spanish to each situation. The speaker will confirm your response. Repeat the correct response. Follow the model.

> **Modelo:** You tell your friend that he shouldn't park his motorcycle in front of a fire hydrant.
> *No debes estacionar tu motocicleta frente a una boca de incendios.*

PRONUNCIACIÓN

🔊 **CD4-20** **A. The sound of the Spanish *l***

- Repeat each word, imitating the speaker's pronunciation.

Emilio	Silvia	solo
mala	helado	regalo
capital	él	flores

- When you hear the number, read the corresponding sentence aloud. Then, listen to the speaker and repeat the sentence.
    1. Aníbal habla español con Isabel.
    2. El coronel Maldonado asaltó con mil soldados.
    3. El libro de Ángel está en el laboratorio.

🔊 **CD4-21** **B. The sound of the Spanish *r***

- Repeat each word, imitating the speaker's pronunciation.

loro	ahora	tarde
dejar	Teresa	canario
fechar	Ariel	gratis

- When you hear the number, read the corresponding sentence aloud. Then, listen to the speaker and repeat the sentence.
    1. Es preferible esperar hasta enero.
    2. Carolina quiere estudiar con Darío ahora.
    3. Aurora y Mirta son extranjeras.

◀))) C. The sound of the Spanish *rr*
CD4-22

- Repeat each word, imitating the speaker's pronunciation.

regalo	rosa	Reyes
rico	Rita	Roberto
ramo	Raúl	robar

- When you hear the number, read the corresponding sentence aloud. Then, listen to the speaker and repeat the sentence.

  1. El perro corrió en el barro.
  2. Los carros del ferrocarril parecen cigarros.
  3. Roberto y Rita recogen rosas rojas.

◀))) D. The sound of the Spanish *z*
CD4-23

- Repeat each word, imitating the speaker's pronunciation.

pizarra	vez	Pérez
Zulema	zoológico	taza
lápiz	mozo	azul

- When you hear the number, read the corresponding sentence aloud. Then, listen to the speaker and repeat the sentence.

  1. Zulema y el Zorro me dieron una paliza.
  2. ¡Zas! El zonzo Pérez fue al zoológico.
  3. La tiza y la taza están en el zapato.

ESTRUCTURAS

◀))) A. Direct and indirect object pronouns used together I   Rephrase each sentence you hear
CD4-24   by replacing the direct object with the corresponding direct object pronoun. Be sure to make any other necessary changes. The speaker will confirm your response. Repeat the correct response. Follow the model.

> **Modelo:**   Le traen la libreta de ahorros.
> *Se la traen.*

◀))) B. Direct and indirect object pronouns used together II   Answer each question you hear,
CD4-25   using direct and indirect object pronouns and the cue provided. The speaker will confirm your response. Repeat the correct response. Follow the model.

> **Modelo:**   ¿Quién te manda el periódico? (mi hijo)
> *Me lo manda mi hijo.*

1. (mi abuela)
2. (el profesor)
3. (a mi prima)
4. (a mí)
5. (a ti)
6. (a los muchachos)

◄)) **C. Preterit of *ser*, *ir*, and *dar*** Rephrase each sentence you hear, changing the verb to the
4-26 preterit. The speaker will confirm your response. Repeat the correct response. Follow the model.

>   **Modelo:** Yo voy al banco.
>   *Yo fui al banco.*

◄)) **D. Preterit of *e:i* and *o:u* stem-changing verbs** Answer each question your hear in the
CD4-27 negative, and then state that your friend did the things you are being asked about. The speaker
will confirm your response. Repeat the correct response. Follow the model.

>   **Modelo:** Tú lo pediste, ¿no?
>   *No, yo no lo pedí. Lo pidió ella.*

1. Tú lo conseguiste, ¿no?
2. Tú la serviste, ¿no?
3. Tú lo repetiste, ¿no?
4. Tú me seguiste, ¿no?

Now, listen to the new model.

>   **Modelo:** Uds. pidieron el café, ¿no?
>   *No, nosotros no lo pedimos. Lo pidieron ellos.*

5. Uds. sirvieron la cena, ¿no?
6. Uds. repitieron la lección, ¿no?
7. Uds. siguieron a José, ¿no?
8. Uds. consiguieron los peces, ¿no?

◄)) **E. Uses of *por* and *para*** Answer each question you hear, using the cue provided. Pay special
CD4-28 attention to the use of **por** or **para** in each question. The speaker will confirm your response.
Repeat the correct response. Follow the model.

>   **Modelo:** ¿Para quién es el dinero? (Rita)
>   *El dinero es para Rita.*

1. (el lunes)
2. (sí)
3. (quince días)
4. (quinientos dólares)
5. (sí)
6. (dinero)
7. (mañana por la mañana)
8. (un reloj)

🔊 **A. Dibujos** You will hear three statements about each drawing. Choose the letter of the statement
CD4-29 that best corresponds to the drawing. The speaker will verify your response.

1.

a   b   c

2.

a   b   c

3.

a   b   c

4.

a   b   c

5.

a   b   c

🔊 **B. Unos diálogos breves**   Before listening to the dialogues in this section, study the
CD4-30 comprehension questions below. Reviewing the questions ahead of time will help you to
remember key information as you listen. Then, listen carefully to the dialogues and answer each
question, omitting the subject. The speaker will confirm your response. Repeat the correct answer.

1.   ¿Qué les pasó a los peces de colores?
2.   ¿Anita les dio mucha comida?
3.   ¿Qué les dio Anita?
4.   ¿Qué le compró Dora a Paco?
5.   ¿Qué quiere Paco?
6.   ¿Qué dice Dora de los monos?
7.   ¿Por qué no le puede comprar un gato?

🔊 **C. Para contestar**   Answer the questions you hear, using the cues provided. The speaker will
CD4-31   confirm your answers. Repeat the correct answer.

1. (banco)
2. (muchas diligencias)
3. (a las diez)
4. (sí)
5. (no, a plazos)

6. (sí, con Ana)
7. (no / gratis)
8. (no / tarjeta de crédito)
9. (los pantalones)
10. (no)

🔊 **D. Tome nota**   You will hear two friends talking. First, listen carefully for general comprehension.
CD4-32   Then, as you listen for a second time, fill in the information requested.

Nombre de la florería: _____

Para la mamá: _____

   Flores: _____

   Ocasión: _____

Para su esposa: _____

   Flores: _____

   Ocasión: _____

Para Julia: _____

   Flores: _____

   Ocasión: _____

🔊 **E. Dictado**   The speaker will read six sentences. Each sentence will be read twice. After the first
CD4-33   reading, write what you heard. After the second reading, check your work and fill in what you
missed.

1. _____

2. _____

3. _____

4. _____

5. _____

6. _____

Hasta ahora... Una prueba

Let's combine the structure and the vocabulary learned in **Lecciones 7** and **8**. How much can you remember?

A. Complete the following exchanges, using the preterit of the verbs given.

1. —¿Adónde _____ (ir) ustedes ayer?

   —_____ (Ir) al cine. Después, Carlos _____ (llevar) a José al parque. ¿Y tú?

   ¿_____ (Almorzar) con tu mamá?

   —Sí, _____ (almorzar) con ella.

   —¿Qué _____ (comer) (ustedes)?

   —Yo _____ (pedir) bistec y ella _____ (pedir) pescado.

2. —¿Tú _____ (ser) estudiante de la Dra. Peña?

   —Sí, ella _____ (ser) mi profesora el año pasado. Me _____ (dar) una "A".

   Yo _____ (aprender) mucho en su clase.

   —¿Tú _____ (escribir) el informe para la clase de francés?

   —No, desgraciadamente mi hermano no me _____ (conseguir) el libro que (yo) le

   _____ (pedir).

3. —¿Cómo _____ (dormir) usted anoche, señora?

   —No muy bien. (Yo) _____ (trabajar) hasta muy tarde y _____ (llegar) a

   mi casa a las diez. Esta mañana, mi hija me _____ (servir) el desayuno en la cama.

   ¡Yo le _____ (dar) un abrazo!

B. Answer the following questions, using the cues provided. Whenever possible, substitute direct object pronouns for the direct objects.

1. ¿Qué les gusta hacer a ustedes los sábados? (ir a bailar)

   _____

2. En un hotel, ¿te gusta más estar en el primer piso o en el décimo piso? (en el décimo piso)

   _____

3. ¿Qué les vas a mandar a tus amigos? (una tarjeta postal)

   _____

4. ¿Cuánto tiempo hace que conoces a tu mejor amigo? (cuatro años)

_____

5. ¿Cuándo puedes traerme el libro que te pedí? (mañana)

_____

6. ¿Tú puedes darle las flores a tu abuela? (sí)

_____

7. ¿Tú le diste el diccionario a tu amigo? (no)

_____

8. ¿Cuándo te pidió tu amigo la motocicleta? (anteayer)

_____

9. ¿Qué nos vas a traer de la florería? (un ramo de rosas)

_____

10. ¿Qué le dieron ustedes a su padre? (una maleta)

_____

C. Arrange this vocabulary in groups of three, according to categories.

cuenta corriente	desayuno	maleta	piscina	valija
con tarjeta de crédito	pensamiento	televisor	escalera	cena
desgraciadamente	confirmar	estacionar	lavabo	conejo
desafortunadamente	ducha	elevador	bañadera	parquear
hacer reservación	por desgracia	viajar	clavel	ascensor
pasar una película	en efectivo	almuerzo	ayer	mono
estar de vacaciones	tortuga	alberca	nadar	canal
con cheque de viajero	equipaje	aparcar	banco	cancelar
cuenta de ahorros	anteayer	anoche	margarita	tarjeta de turista

1. _____   _____   _____

2. _____   _____   _____

3. _____   _____   _____

4. _____   _____   _____

5. _____   _____   _____

6. _____   _____   _____

7. _____   _____   _____

8. _____ _____ _____

9. _____ _____ _____

10. _____ _____ _____

11. _____ _____ _____

12. _____ _____ _____

13. _____ _____ _____

14. _____ _____ _____

15. _____ _____ _____

D. These are the answers. What are the questions?

1. —_____

   Nosotros dormimos muy bien anoche.

2. —_____

   Ayer nosotros le pedimos dinero a Sergio.

3. —_____

   Sí, tú llegaste antes que yo.

4. —_____

   ¿Los cheques de viajero? Se los dimos a Marisa.

5. —_____

   No, nosotros no fuimos estudiantes del Dr. Lovera.

6. —_____

   ¿Mi moto? Se la presté a un amigo.

7. —_____

   No, no deposité dinero en mi cuenta corriente.

8. —_____

   Yo le regalé un ramo de margaritas a Eva.

9. —_____

   Le escribí a mi padre.

10. —_____

    ¿Los cheques? No, no los busqué.

Un paso más

A. Read the ad for the Hotel La Torre, and then answer the questions that follow.

HOTEL LA TORRE

¡Para gozar de unas vacaciones fabulosas en la playa!

Servicio de transporte desde el aeropuerto

Dos restaurantes

Servicio de fax

Salones para reuniones

Gimnasio

Dos piscinas

Tienda de regalos

Actividades especiales para niños

Servicio de habitación

Para alquilar: tablas de mar, parasoles y bicicletas

Todos los cuartos tienen:

Baño privado con ducha y bañadera · Televisor y DVD
Microondas y refrigerador · Teléfono · Balcón con mesa y sillas
Aire acondicionado

**Llame hoy mismo para hacer reservaciones
al número 465-39-27**

1.   ¿Dónde está el Hotel La Torre?

   _____

2.   ¿Por qué no necesitamos tener coche (*car*) para ir desde el aeropuerto al hotel?

   _____

3.   ¿A qué número tenemos que llamar para hacer reservaciones?

   _____

4. ¿Podemos mirar la tele en nuestro cuarto?

_____

5. ¿Puedo llamar a alguien desde mi cuarto?

_____

6. ¿Voy a tener calor en el cuarto?

_____

7. ¿Qué podemos alquilar (*rent*) en el hotel?

_____

8. ¿Podemos comer en nuestro cuarto si no queremos ir a un restaurante?

_____

9. ¿Puedo hacer ejercicio en el hotel?

_____

10. Si quiero comprar recuerdos (*souvenirs*), ¿dónde puedo hacerlo?

_____

11. Si no quiero ir a la playa, ¿dónde puedo nadar?

_____

12. Si traigo algunos refrescos a mi cuarto, ¿dónde puedo ponerlos?

_____

B. Write a memo to your assistant. Tell him or her what has to be done: reserve a room at a hotel and run some errands. Tell him or her what accommodations you want (*e.g.*, **un cuarto con**..., **un hotel con**...) and how long you're going to be there. Tell him / her also what errands he / she has to run.

LECCIÓN 9
Workbook Activities

ESTRUCTURAS

A. Reflexive constructions   This is my daily routine. Rewrite it twice, changing the subject **yo** first, to **tú** and then, to **él**.

Yo me despierto a las seis de la mañana y me levanto a las seis y cuarto. Me baño, me lavo la cabeza, me afeito y me visto. A las siete y media me voy a trabajar. Trabajo hasta las cinco y luego vuelvo a casa. No me preocupo si llego tarde. Leo un rato y luego como con mi familia. Siempre me acuesto a las diez pero no me duermo hasta las once porque miro las noticias (*news*).

Tú _____

_____

_____

_____

_____

_____

_____

_____

Él _____

_____

_____

_____

_____

_____

_____

_____

B. Review of personal pronouns   Complete the following dialogues, using the appropriate subject and object pronouns.

1.   —Alicia, ¿_____ quieres ir al banco hoy?

    —No, _____ estoy muy ocupada hoy. Teresa puede ir con_____.

    —_____ voy a llamar por teléfono y _____ voy a decir que tiene que ir con

    _____.

2.   —¿A qué hora _____ levantaron Uds. hoy?

    —_____ levantamos a las seis. ¿Y tú?

    —_____ _____ levanté a las ocho.

    —¿ _____ escribiste a tus padres hoy?

    —No, pero _____ llamé por teléfono.

3.   —¿Para quién es el regalo? ¿Es para mí?

    —Sí, es para _____. ¿_____ gusta?

    —Sí, _____ gusta mucho. Gracias. Oye, ¿a quién _____ vas a dar el reloj?

    —_____ _____ voy a dar a mi hermano.

    —_____ va a gustar mucho.

4.   —¿A Ud. _____ gusta esta mesa, señora?

    —Sí, pero no _____ voy a comprar, porque es muy cara. Yo _____ tengo que mandar dinero a mi hijo.

    —¿Dónde está _____?

    —En Santo Domingo.

5.   —¿Quién _____ va a llevar a Uds. a la fiesta?

    —_____ va a llevar Carmen. Oye, ¿Hugo _____ llamó hoy? Quiere hablar contigo.

    —Sí, _____ llamó esta mañana. _____ voy a ver esta noche.

C. Some uses of the definite article   These are comments that people make. Complete them, using the Spanish equivalent of the words in parentheses.

1.   Anita, tienes que _____. (*wash your hands*)

2.   _____ es más importante que _____. (*Liberty / money*)

3.   Ella dice que _____ son más inteligentes que _____. (*women / men*)

4.   Ellos se van a poner _____. (*their white shirts*)

5. Tienes que lavarte _____. (*your hair*)

6. No me gusta _____; prefiero _____. (*wine / soft drinks*)

7. _____ va a _____ con nosotros. (*Mr. Mena / church*)

8. Nosotros tenemos clases _____ a _____. (*on Mondays / nine*)

D. Possessive pronouns I   Everyone went shopping and Nora wants to know to whom things belong. Answer her questions, using the appropriate possessive pronouns.

     Modelo: ¿Teresa compró este libro?
              Sí, es suyo.

1. ¿Tú compraste estas camisas?

    _____

2. ¿Yo compré esta revista? (*Use the* **tú** *form.*)

    _____

3. ¿Roberto compró estos diccionarios?

    _____

4. ¿Tú y yo compramos este reloj?

    _____

5. ¿Amalia compró esta mochila?

    _____

E. Possessive pronouns II   To make comparisons, complete the following with the Spanish equivalent of the words in parentheses.

1. Mi novio es muy guapo. ¿Cómo es _____, Anita? (*yours*)

2. La casa de Olga queda lejos, pero _____ queda muy cerca. (*his*) (*Clarify!*)

3. Los hermanos de Graciela viven en Santo Domingo. _____ viven en La Habana. (*Mine*)

4. La profesora de ellos es de Chile. _____ es de Cuba. (*Ours*)

5. Las maletas de Jorge son azules. _____ son verdes. (*Mine*)

6. Mi hermano vive en Venezuela. ¿Dónde vive _____, Sr. Mendoza? (*yours*)

F. Irregular preterits Indicate what everybody did last week by using the preterit of the verbs in parentheses.

1. —¿Ustedes _____ (traer) la cama?

    —Sí, la _____ (traer) y la _____ (poner) en tu cuarto.

2. —¿Qué _____ (hacer) tú el sábado pasado?

    —(Yo) _____ (estar) en casa de Luis toda la tarde.

3. —¿Tú _____ (poder) ir a la tintorería?

    —No, porque no _____ (tener) tiempo.

4. —¿Roberto _____ (venir) a verte?

    —Sí, y yo no _____ (saber) qué decirle.

5. —¿Sergio _____ (pedir) un préstamo en el banco?

    —No, no _____ (querer) pedirlo.

6. —¿Qué _____ (decir) ustedes cuando llegó su tío?

    —No _____ (decir) nada.

7. —¿Qué auto _____ (conducir) tú?

    —Yo _____ (conducir) el auto de Tito.

8. —¿Uds. _____ (traducir) los documentos?

    —No, nosotros no los _____ (traducir).

G. Hace... meaning *ago* How long ago did all this happen? Use the information given to indicate when it happened.

> **Modelo:** Estamos en marzo. Yo vine a esta ciudad en septiembre.
> *Hace seis meses que yo vine a esta ciudad.*

1. Son las cinco. Ellos llegaron a la una.

    _____

2. Estamos en el año 2012. Jorge empezó a trabajar en el año 2007.

    _____

3. Hoy es sábado. Mis hijos vinieron el martes.

    _____

4. Es la una. Teresa me llamó a la una menos cuarto.

    _____

5. Estamos en octubre. Nosotros volvimos de Lima en septiembre.

    _____

MÁS PRÁCTICA

A. Minidiálogos Complete the following, using vocabulary from Lesson 9.

1. —Mañana es el _____ de bodas de mis padres.

    —¿Lo van a _____ con una fiesta?

    —Sí, a _____ de que no tenemos mucho dinero...

2. —¿Tú te _____ muy tarde esta mañana?

    —¡Sí, a las nueve! Tuve que bañarme, _____ la cabeza y _____ en veinte minutos.

3. —¿Elsa _____ la guitarra anoche?

    —Sí, y cantó algunas _____ cubanas. Javier _____ un poema de Martí.

4. —¿Qué compraste en el _____ ? ¿Frutas?

    —Sí, y _____, para hacer guacamole.

5. —¿Qué le pones al café?

    —Crema y _____.

6. —¿Dónde pasó tu abuelo su infancia y su _____?

    —En Cuba. Y él _____ mucho su país.

7. —¿Sabes que Carlitos está muy enfermo?

    —Sí. ¡ _____!

8. —¿Adónde fuiste esta mañana?

    —Fui a la _____ para comprar carne, a la _____ para comprar pan y a la

    _____ para comprar medicina. ¿Y tú?

    —Yo fui a la _____ para comprar pescado.

9. —¿Qué instrumentos tocan los estudiantes del Departamento de Música?

    —La batería, el _____, el _____, la flauta, el _____, el _____, la

    trompeta y el _____.

10. —¿Qué festejaron tus abuelos?

    —Sus bodas de _____. ¡Cincuenta años!

B. ¿Qué dice Ud.?   You find yourself in the following situations. What do you say?

1. You ask a friend what time he generally gets up and what time he went to bed last night.

   _____

2. You ask Mrs. López how long ago her husband died and when she came to live with her children.

   _____

3. You ask your roommate if he/she brought the fish and whether he/she put it in the refrigerator.

   _____

4. You tell someone where your father spent his childhood.

   _____

5. You are picking up a friend to go out. Ask her if she can bathe and get dressed in twenty minutes.

   _____

6. You tell a little boy he has to brush his teeth.

   _____

7. Someone tells you he spent his childhood in California. You mention where you spent yours.

   _____

8. You ask a friend whether he and his family had fun at the party.

   _____

9. Someone blames you for something. You tell him it's not your fault.

   _____

10. You tell someone where you were born.

   _____

C. ¿Qué pasa aquí?   Look at the illustrations and answer the following questions.

1.   ¿Nora se levantó tarde o temprano?

   _____

2.   ¿A Nora le gusta levantarse temprano?

   _____

3.   ¿Con qué champú se lavó Nora la cabeza?

   _____

4.   ¿A qué tienda fue Nora?

   _____

5.   ¿Qué le compró Nora a su tía?

   _____

6.   ¿A qué hora volvió Nora a su casa?

   _____

7.   ¿Qué compró Nora además del regalo?

   _____

8. ¿Con quién almorzó Nora?

_____

9. ¿Nora barrió la sala?

_____

10. ¿Cómo se llama el perro de Nora?

_____

11. ¿Para qué fue Nora a la casa de su tía Rosa?

_____

12. ¿A qué hora se acostó Nora?

_____

VAMOS A LEER

Todos los días...

Yo siempre me levanto temprano porque tengo que estar en la universidad
a las ocho de la mañana. Me despierto a las seis y media y, después de
bañarme, afeitarme y vestirme, desayuno. Me siento en la cocina y estudio;
salgo para la universidad a las siete y media. No llego tarde porque mi
profesor de matemáticas es muy estricto.

Tengo clases por la mañana, y por la tarde voy a la biblioteca a estudiar.
A veces° me duermo leyendo algunos de mis libros.

Sometimes

Vuelvo a casa a las cinco. Me desvisto, me quito los zapatos° y duermo
un rato. Cocino algo para la cena, estudio y después miro las noticias. Me
acuesto a las once y media.

shoes

Los fines de semana, mis amigos y yo generalmente vamos a una
discoteca porque nos gusta mucho bailar.

¡Conteste!   Answer the following questions based on the reading.

1. ¿Por qué me levanto siempre temprano? (*Use the* **tú** *form.*)

_____

2. ¿A qué hora me despierto?

_____

3. ¿Qué hago después de bañarme, afeitarme y vestirme?

_____

4. ¿Qué hago en la cocina?

_____

5. ¿A qué hora salgo para la universidad?

_____

6. ¿Por qué no llego tarde?

_____

7. ¿Cuándo tengo clases?

_____

8. ¿Qué hago por la tarde?

_____

9. ¿Qué pasa a veces en la biblioteca?

_____

10. ¿A qué hora vuelvo a casa?

_____

11. ¿Qué hago cuando vuelvo a casa?

_____

12. ¿Qué hago después de dormir un rato?

_____

13. ¿A qué hora me acuesto?

_____

14. ¿Adónde voy generalmente los fines de semana?

_____

Complete the following charts.

Cuba

1. Capital: _____

2. A Cuba se le llama "La perla de las _____ ".

3. Dos fortalezas importantes son _____ y _____.

4. José Martí fue un famoso _____ cubano.

5. El más famoso de los pintores cubanos es _____.

6. _____ es una de las mejores playas de Cuba.

7. Ritmos tradicionales cubanos: _____, _____,

8. _____ y _____

República Dominicana

1. Capital: _____

2. País que ocupa parte de la isla: _____

3. Santo Domingo es la ciudad más _____ de América.

4. Música típica del país: _____

5. Deporte más popular: _____

6. Se cree que los restos de _____ están en la Catedral de _____.

LECCIÓN 9
Laboratory Activities

SITUACIONES

🔊 **¡Feliz aniversario!** Listen to the dialogues twice, paying close attention to the speakers'
CD5-2   intonation and pronunciation patterns. First, listen to the entire dialogue; then, as you listen
for a second time, pause the recording after each sentence and repeat after the speaker.

🔊 **A. Preguntas y respuestas** You will now hear questions about the dialogue. Answer each one,
CD5-3   omitting the subject. The speaker will confirm your response. Repeat the correct response.

🔊 **B. ¿Qué dice Ud.?** The speaker will present several situations based on the dialogue. Respond
CD5-4   appropriately in Spanish to each situation. The speaker will confirm your response. Repeat the
correct response. Follow the model.

> **Modelo:** You ask a little girl what her father's name is.
> *¿Cómo se llama tu papá?*

PRONUNCIACIÓN

🔊 **A. Declarative statements**
CD5-5

- Repeat each sentence, imitating the speaker's intonation.
  1. Yo compré el regalo para Elena.
  2. Mario tiene listo el equipaje.
  3. Yo tengo turno en la barbería.
  4. Necesitamos el dinero para el pasaje.
  5. Yo pienso aprender japonés este verano.

🔊 **B. Information questions**
CD5-6

- Repeat each sentence, imitating the speaker's intonation.
  1. ¿Cómo está tu hermano?
  2. ¿Por qué no fuiste con nosotros?
  3. ¿Cuánto tiempo hace que no comes?
  4. ¿Dónde pasaron el verano?
  5. ¿Cuántos años hace que estudias?

🔊 **C. Yes / no questions**
CD5-7

- Repeat each sentence, imitating the speaker's intonation.
  1. ¿Fuiste al mercado ayer?
  2. ¿Tienes listo el equipaje?
  3. ¿Le diste el regalo a Elena?
  4. ¿Tienes turno para la peluquería?
  5. ¿Necesitas dinero para el pasaje?

🔊 **D. Exclamations**
CD5-8

- Repeat each sentence, imitating the speaker's intonation.
    1. ¡Qué bonita es esa alfombra!
    2. ¡No compré el regalo para Elena!
    3. ¡Qué bueno es este champú!
    4. ¡Cuánto te quiero!

ESTRUCTURAS

🔊 **A. Reflexive constructions** Answer the following questions, using the cues provided. The speaker
CD5-9 will confirm your response. Repeat the correct response. Follow the model.

> **Modelo:** ¿A qué hora te levantas tú generalmente? (a las seis)
> *Generalmente me levanto a las seis.*

1. (a las ocho)
2. (a las once)
3. (por la mañana)
4. (sí)

5. (por la mañana)
6. (con el champú Prell)
7. (no)

🔊 **B. Some uses of the definite article** Answer each question you hear in the affirmative, paying
CD5-10 special attention to the use of the definite article. The speaker will confirm your response. Repeat
the correct response. Follow the model.

> **Modelo:** ¿Te vas a lavar la cabeza?
> *Sí, me voy a lavar la cabeza.*

🔊 **C. Possessive pronouns** Answer each question you hear in the negative, using the appropriate
CD5-11 possessive pronoun. The speaker will confirm your response. Repeat the correct response. Follow
the model.

> **Modelo:** ¿Este libro es tuyo?
> *No, no es mío.*

🔊 **D. Irregular preterits** Answer the following questions, using the cues provided. Substitute direct
CD5-12 objects with direct object pronouns when possible. The speaker will confirm your response. Repeat
the correct response. Follow the model.

> **Modelo:** ¿Quién tradujo la lección? (Isabel y Eva)
> *Isabel y Eva la tradujeron.*

1. (yo)
2. (en el refrigerador)
3. (conmigo)
4. (nosotros)
5. (no)

6. (en el banco)
7. (sí)
8. (Estela)
9. (nada)
10. (en la farmacia)

🔊 **E. *Hace* meaning *ago*** Answer each question you hear, using the cues provided. The speaker will
CD5-13 confirm your response. Repeat the correct response. Follow the model.

> **Modelo:** ¿Cuánto tiempo hace que empezaste a estudiar español?
> *Hace seis meses que empecé a estudiar español.*

1. (veinte minutos)
2. (tres semanas)
3. (un mes)

4. (un año)
5. (una hora)

MÁS PRÁCTICA

🔊 **A. Dibujos** You will now hear three statements about each drawing. Choose the letter of the
CD5-14 statement that best corresponds to the drawing. The speaker will verify your response.

1.

a b c

2.

Carlos

a b c

3.

Ayer...

Raquel

a b c

4.

Elba

a b c

5.

Mario

a b c

🔊 **B. Unos diálogos breves** Before listening to the dialogues in this section, study the comprehension
CD5-15 questions below. Reviewing the questions ahead of time will help you to remember key information as
you listen. Then, listen carefully to the dialogues and answer each question, omitting the subject.
The speaker will confirm your response. Repeat the correct answer.

1. ¿A qué hora se levantó Celia hoy?
2. ¿Por qué se levantó tan tarde?
3. ¿Adónde fue?
4. ¿Qué trajo?
5. ¿Adónde fue Amalia?
6. ¿Qué frutas trajo?
7. ¿Trajo melocotones?
8. ¿Por qué no trajo melocotones?
9. ¿Cuándo es el cumpleaños de Oscar?
10. ¿Lucía le trajo el regalo?
11. ¿Lucía pudo comprar el regalo?
12. ¿Qué tuvo que hacer Lucía ayer?

C. Para contestar   Answer the questions you hear, using the cues provided. The speaker will confirm your answers. Repeat the correct answer.

CD5-16

1. (veinte)
2. (no)
3. (lechuga y tomate)
4. (ir a la panadería)
5. (cebolla)

6. (sí)
7. (sí)
8. (crema y azúcar)
9. (sí)
10. (no)

D. Tome nota   You will hear a conversation between two roommates as they discuss what they are going to buy at the supermarket. First, listen carefully for general comprehension. Then, as you listen for a second time, fill in the shopping list.

CD5-17

Frutas	Verduras	Carnes	Otros
1. _____	1. _____	1. _____	1. _____
2. _____	2. _____	2. _____	2. _____
3. _____	3. _____		3. _____
4. _____	4. _____		4. _____
5. _____	5. _____		5. _____

E. Dictado   The speaker will read six sentences. Each sentence will be read twice. After the first reading, write what you heard. After the second reading, check your work and fill in what you missed.

CD5-18

1. _____

2. _____

3. _____

4. _____

5. _____

LECCIÓN 10
Workbook Activities

ESTRUCTURAS

A. The imperfect I   Complete the following chart with the corresponding forms of the imperfect.

Infinitive	yo	tú	Ud., él, ella	nosotros(as)	Uds., ellos, ellas
1. *prestar*					
2.	terminaba				
3.		devolvías			
4.			nadaba		
5.				leíamos	
6.					salían

B. The imperfect: Irregular verbs   What did these people do as children? Complete the following sentences according to each new subject.

Cuando yo era niño, iba a la playa y veía a mis amigos.

1.   Cuando tú _____ niño, _____ a la montaña y _____ a tus abuelos.

2.   Cuando Luis _____ niño, _____ al campo y _____ a sus tíos.

3.   Cuando él y yo _____ niños, _____ al zoológico y _____ los elefantes.

4.   Cuando ellos _____ niños, _____ a Caracas y _____ a sus primos.

C. The imperfect II   Sandra is describing her childhood. Use the imperfect of the verbs in parentheses to complete her story.

Cuando mi hermano y yo _____ (ser) niños, _____

(vivir) cerca de la playa y todos los fines de semana _____ (ir) a nadar. Nos

_____ (gustar) mucho ir a los partidos de fútbol y siempre lo _____ (pasar) muy

bien. Nuestros abuelos _____ (vivir) lejos y nosotros no los _____ (ver) frecuentemente, pero los _____ (visitar) todos los veranos. Siempre _____ (comer)

mucho porque mi abuela _____ (cocinar) muy bien. Nuestro padre _____

(viajar) mucho y siempre nos _____ (traer) regalos cuando _____ (volver)

de sus viajes.

D. The preterit contrasted with the imperfect I   How do you view these actions or events?
Complete each sentence with the preterit or the imperfect of the verbs in parentheses.

1. Yo _____ (ir) a la piscina anoche. (*reporting an act viewed as completed*)

2. Yo _____ (ir) a la piscina cuando _____ (ver) a José. (**ir**: *describing an action in progress in the past;* **ver**: *reporting an action viewed as completed*)

3. Ayer ella _____ (estar) muy enferma todo el día. (*summing up a condition viewed as a whole*)

4. Ella _____ (estar) muy cansada. (*describing a condition in the past*)

5. Yo _____ (ir) a la tienda el sábado pasado. (*reporting an act viewed as completed*)

6. Yo _____ (ir) a la tienda todos los sábados. (*indicating a habitual action*)

7. Susana _____ (decir) que _____ (necesitar) un coche. (**decir**: *reporting an act viewed as completed;* **necesitar**: *indirect discourse*)

8. _____ (Ser) las nueve de la noche cuando él _____ (llegar) anoche. (**ser**: *time in the past;* **llegar**: *reporting an act viewed as completed*)

E. The preterit contrasted with the imperfect II   Complete the following paragraph about
Eva and her family. Use the preterit or the imperfect of the verbs in parentheses.

Cuando Eva _____ (ser) niña _____ (vivir) en Caracas. Todos los fines de

semana _____ (ir) al cine o al parque de diversiones con sus amigos. Cuando Eva

_____ (tener) doce años, sus padres _____ (decidir) ir de vacaciones a la isla

Margarita. Ella no _____ (saber) nadar, pero su papá le _____ (decir) que

_____ (ser) fácil aprender. En dos días, Eva _____ (aprender) a nadar y lo

_____ (pasar) muy bien. Eva y su familia _____ (estar) en la isla Margarita por

dos semanas.

F. Preguntas: Eva y su familia Write eight questions about what you read in Exercise E.

1. _____

2. _____

3. _____

4. _____

5. _____

6. _____

7. _____

8. _____

G. Verbs that change meaning in the preterit Juan and Diego are talking about Rafael's girlfriend and a party that Diego attended. Complete the conversations, using the verbs **querer, conocer,** and **saber** in the preterit or the imperfect as needed.

> **Juan:** ¿Tú _____ a la novia de Rafael?
>
> **Diego:** No, la _____ anoche en la fiesta.
>
> **Juan:** ¿Tú _____ que ella era venezolana?
>
> **Diego:** No, lo _____ cuando hablé con ella y me lo dijo. Oye, ¿por qué no fuiste a la fiesta?
>
> **Juan:** Porque mi novia no _____ ir. Prefirió ir al cine.
>
> **Diego:** Yo tampoco _____ ir porque estaba cansado, pero fui y lo pasé muy bien.

H. The relative pronouns *que* and *quien* Sara and her husband are going to rent an apartment and are now discussing details. Complete the conversation, using **que, quien,** or **quienes** as needed.

> **Sara:** Ayer hablé con la señora _____ vende los muebles _____ necesitamos para la sala.
>
> **Héctor:** Y yo hablé con los hombres _____ nos van a ayudar a mudarnos.
>
> **Sara:** Ah, ¿esos son los hombres de _____ te habló papá?
>
> **Héctor:** Sí. Oye, una chica con _____ yo trabajo está vendiendo un ventilador. Yo creo que debemos comprarlo.
>
> **Sara:** Sí, porque el ventilador _____ nosotros tenemos no funciona.

A. Minidiálogos   Complete the following, using vocabulary from Lesson 10.

1.   —¿El _____ incluye la _____ y el agua?

     —Sí, y el apartamento está en un buen _____ y está cerca de la _____ del metro.

2.   —No me gusta mi apartamento. Quiero _____.

     —Bueno… necesitas un apartamento _____, porque no tienes muebles.

3.   —Compré una _____ de noche para el dormitorio y una _____ de centro para la sala.

     —Y yo compré una _____ de dormir.

4.   —¿Van a ir en autobús?

     —No, yo voy a conducir mi _____.

     —¿Dónde van a _____ con sus amigos?

     —En la casa de Amanda. Ella vive en un _____ muy pequeño, que está muy

     _____ de aquí, a unos 200 kilómetros.

5.   —¿Tú vas a vivir en la casa sola?

     —No, la voy a _____ con mis hermanos. Es una casa grande, con habitaciones

     _____.

6.   —¿Sacaste la ropa de la lavadora?

     —Sí, y la puse en la _____. ¿Tú hiciste el café?

     —No, porque no tengo _____.

7.   —¿Dónde vas a poner el _____?

     —En esta pared.

8.   —¿Usaste el horno?

     —No, el _____,

9.   —¿Dónde puedo sentarme?

     —En este _____.

10. —Voy a hacer huevos fritos, ¿dónde está la _____?

     —Está aquí.

B. ¿Qué dice Ud.?   You find yourself in the following situations. What do you say?

1.   You ask Mr. Mendoza where he lived when he was a child and what he liked to do with his friends.

_____

_____

2.   You ask a classmate what time it was when he got home yesterday.

_____

3.   You ask an apartment manager whether the rent includes (the) electricity, (the) water, and (the) phone. Ask also if there is a vacant apartment on the third floor.

_____

_____

4.   You tell someone that you need a dresser, a night table, and a coffee table because the apartment is not furnished.

_____

_____

5.   You ask a friend if his parents used to spoil him when he was a child.

_____

_____

6.   You mention that you and your brothers were not used to living in an apartment when you were children.

_____

_____

C. ¿Qué pasa aquí? Look at the illustration and answer the following questions.

1. ¿En qué parte de la casa están las chicas?

    _____

2. ¿Qué muebles hay allí?

    _____

3. ¿La casa tiene calefacción o aire acondicionado?

    _____

4. ¿Las chicas necesitan un ventilador en la sala? ¿Por qué?

    _____

5. ¿Qué hay en la ventana?

    _____

6. ¿El apartamento tiene alfombra?

    _____

7. Beatriz y Lucía quieren mudarse. ¿Qué tipo de barrio busca Beatriz?

    _____

8. ¿Cuántos dormitorios quiere Beatriz?

   _____

9. ¿Por qué no quiere Lucia vivir lejos de la universidad?

   _____

10. ¿Qué tenía la familia de Julia cuando ella era chica?

   _____

EL MUNDO HISPÁNICO Y TÚ

Complete the following chart.

Venezuela
1. Venezuela es uno de los diez mayores _____
2. El lago más grande de Venezuela y de toda Sudamérica: _____
3. La capital de Venezuela: _____
4. El salto de agua más alto del mundo: _____
5. Ese salto de agua está en el _____
6. En esta isla, el turismo crece año tras año: _____

LECCIÓN 10
Laboratory Activities

SITUACIONES

🔊 **CD5-19** **Dos amigos** Listen to the dialogues twice, paying close attention to the speakers' intonation and pronunciation patterns. First, listen to the entire dialogue; then, as you listen for a second time, pause the recording after each sentence and repeat after the speaker.

🔊 **CD5-20** **A. Preguntas y respuestas** You will now hear questions about the dialogues. Answer each one, omitting the subject. The speaker will confirm your response. Repeat the correct response.

🔊 **CD5-21** **B. ¿Qué dice Ud.?** The speaker will present several situations based on the dialogue. Respond appropriately in Spanish to each situation. The speaker will confirm your response. Repeat the correct response. Follow the model.

> **Modelo:** You tell your parents that you want to move to an apartment.
> *Quiero mudarme a un apartamento.*

PRONUNCIACIÓN

🔊 **5-22** When you hear the number, read the corresponding sentence aloud. Then, listen to the speaker and repeat the sentence.

1. Ahora las chicas viven en una pensión.
2. Álvaro conoció a Mirta el año pasado.
3. La casa de mis abuelos no quedaba lejos.
4. Íbamos a la escuela juntos.
5. Yo no sabía que eras hijo único.
6. Está cerca de la estación del metro.

ESTRUCTURAS

🔊 **CD5-23** **A. The imperfect** Repeat each sentence you hear, changing the verb to the imperfect tense. The speaker will confirm your response. Repeat the correct response. Follow the model.

> **Modelo:** ¿Tú trabajas?
> *¿Tú trabajabas?*

🔊 **CD5-24** **B. The preterit contrasted with the imperfect** The speaker will ask several questions. Pay close attention to the use of the preterit or the imperfect in each question and respond in the appropriate tense, using the cue provided. The speaker will confirm your response. Repeat the correct response. Follow the model.

> **Modelo:** ¿Qué hora era? (las ocho)
> *Eran las ocho.*

1. (a las doce)
2. (estudiar)
3. (Venezuela)
4. (a las cuatro)
5. (sí)
6. (una butaca)
7. (a la tienda)
8. (ocho años)
9. (a la playa)

C. Verbs that change meaning in the preterit Answer each question you hear, using the model as a guide. The speaker will confirm your response. Repeat the correct response.

CD5-25

1. ¿No conocías al doctor Rodríguez?
   No, lo conocí esta mañana.
2. ¿Sabían Uds. que él era casado?
   Lo supimos anoche.
3. ¿No dijiste que podías venir?
   Sí, pero no quise.

D. The relative pronouns *que* and *quien* Answer each question you hear, using the cue provided. The speaker will confirm your response. Repeat the correct response. Follow the model.

CD5-26

> **Modelo:** ¿Quién es María? (chica / trajo las sillas)
> *Es la chica que trajo las sillas.*

1. (muchacho / vino ayer)
2. (profesor / te hablé)
3. (muchacha / mandó el sillón)
4. (señora / llamó por teléfono)
5. (señor / vimos ayer)

MÁS PRÁCTICA

A. Dibujos You will hear three statements about each drawing. Choose the letter of the statement that best corresponds to the drawing. The speaker will verify your response.

CD5-27

1.

a b c

2.

a b c

3.

a b c

4.
   a b c

5.
   a b c

B. Unos diálogos breves Before listening to the dialogues in this section, study the comprehension
CD5-28 questions below. Reviewing the questions ahead of time will help you to remember key information as
you listen. Then, listen carefully to the dialogues and answer each question, omitting the subject.
The speaker will confirm your response. Repeat the correct answer.

1. ¿Qué dice Alina que tienen que hacer ella y Marcos?
2. ¿Necesitan un apartamento más pequeño?
3. ¿Qué está leyendo Marcos?
4. ¿En qué calle está el apartamento?
5. ¿Cuántos dormitorios tiene?
6. ¿Qué más tiene?
7. ¿Cuándo pueden ir a verlo?
8. ¿A qué hora va a estar Marcos en su casa?
9. ¿Le gusta mucho el apartamento a Teresa?
10. ¿Está amueblado el apartamento?
11. ¿Qué les va a regalar la mamá de Teresa?
12. ¿Para qué cuarto necesitan muebles?
13. ¿Qué muebles tienen para el dormitorio?
14. ¿Tienen colchón?
15. ¿Qué necesitan hacer para poder mudarse?

C. Para contestar Answer the questions you hear, using the cues provided. The speaker will
CD5-29 confirm your answers. Repeat the correct answer.

1. (en la escuela)
2. (sí)
3. (cine)
4. (sí)
5. (un sofá y una butaca)
6. (una cómoda y un tocador)
7. (no)
8. (muy amplia)
9. (tres)
10. (dos)

Agencia La Cubana
Calle 8, número 325
Miami, Florida
Tel. (305) 428-6345

❏ Se vende   ❏ Casa   ❏ Amueblado(a)
❏ Se alquila   ❏ Apartamento   ❏ Sin muebles

Dirección:

Número de dormitorios:

Número de cuartos de baño:

❏ Sala   ❏ Calefacción
❏ Comedor   ❏ Aire acondicionado
❏ Salón de estar
❏ Jardín
❏ Piscina
❏ Garaje (_____ coches)

Precio: _____

Puede verse: Días _____

                             Horas _____

🔊 **E. Dictado**   The speaker will read six sentences. Each sentence will be read twice. After the first
CD5-31   reading, write what you heard. After the second reading, check your work and fill in what you
missed.

1. _____

2. _____

3. _____

4. _____

5. _____

6. _____

Hasta ahora... Una prueba

Let's combine the structure and the vocabulary from **Lecciones 9** and **10**. How much can you remember?

A. Complete the following exchanges, using the preterit or the imperfect of the verbs given.

1. —¿Qué hora _____ (ser) cuando tú _____ (llegar) a casa ayer?

   — _____ (Ser) las seis. (Yo) _____ (traer) la carne y la _____ (poner) en el refrigerador.

   —¿Teresa _____ (venir) contigo?

   —No, (ella) no _____ (querer) venir.

   —¿Y Carlos?

   —Él no _____ (poder) venir porque _____ (tener) que trabajar.

2. —¿Dónde _____ (vivir) ustedes cuando _____ (ser) niños?

   —En Lima, y siempre _____ (ir) de vacaciones a Buenos Aires. Allí _____ (ver) a

   nuestros amigos argentinos y lo _____ (pasar) muy bien.

   —¿Dónde _____ (conocer) (tú) a tu esposo?

   —En la universidad; él _____ (ser) muy guapo, pero muy tímido.

3. —Anoche Tito me _____ (decir) que _____ (necesitar) dinero.

   —¿Dónde _____ (ver) tú a Tito?

   —En el parque, cuando _____ (venir) para casa.

   —Yo no _____ (saber) que tú _____ (conocer) a Tito...

   —¿Y tú? ¿Qué _____ (hacer) anoche?

   —Nada... _____ (acostarse) temprano porque _____ (estar) muy cansada.

B. Complete the following, using the Spanish equivalent of the words in parentheses.

1. ¿Viste a la señora _____ estaba en la sala? (*who*)

2. Carlos tiene sus libros y yo tengo _____. ¿Tú tienes _____? (*mine / yours*)

3. Nosotros _____ en clase. (*fall asleep*)

4. Tú siempre _____ cuando ella _____. (*worry / doesn't feel well*)

5. ¿Tú _____ antes de comer? (*washed your hands*)

6. Las chicas _____ en mi cuarto. (*took off their coats*)

7. Yo voy a _____ con Adela _____. (*church / on Sundays*)

8. _____ conducen mejor que _____. (*Women / men*)

9. Eva llegó a California _____. (*four years ago*)

10. Alberto es el muchacho _____ yo bailé anoche. (*with whom*)

C. Arrange the following vocabulary in groups of three, according to categories.

manzanas	mueble	automóvil	carro	almohada	violín
carnicería	mudarse	bañarse	quitarse	apio	repollo
acostarse	pescadería	joyería	aire acondicionado	fiesta	coche
secadora	ventilador	levantarse	ponerse	calefacción	zapatería
uvas	licuadora	celebrar	lavarse la cabeza	vecindad	sábana
contrabajo	lechuga	probarse	barrio	plancha	ferretería
despertarse	cómoda	festejar	vestirse	panadería	clarinete
naranjas	lavadora	cafetera	tocador	tostadora	funda

1. _____ _____ _____

2. _____ _____ _____

3. _____ _____ _____

4. _____ _____ _____

5. _____ _____ _____

6. _____ _____ _____

7. _____ _____ _____

8. _____ _____ _____

9. _____ _____ _____

10. _____ _____ _____

11. _____ _____ _____

12. _____ _____ _____

13. _____ _____ _____

14. _____ _____ _____

15. _____ _____ _____

16. _____ _____ _____

D. Write the questions that originated the following answers.

1. —_____

   —Sí, nosotros nos despertamos muy temprano ayer.

2. —_____

   —Sí, yo me quité el abrigo y me puse un suéter.

3. —_____

   —Eran las ocho cuando yo llegué a mi casa.

4. —_____

   —Hace cinco años que yo vine a los Estados Unidos.

5. —_____

   —Trajimos las almohadas, pero no trajimos las fundas.

6. —_____

   —Nosotros íbamos de vacaciones a la isla Margarita.

7. —_____

   —Nosotros hablábamos español cuando éramos niños.

8. —_____

   —No, yo no veía a mis abuelos frecuentemente.

9. —_____

   —No, yo no vi a mis amigos cuando venía para acá.

10. —_____

   —Sí, nosotros condujimos un coche americano.

Un paso más

A. Read the ad below, and then answer the questions that follow.

ANUNCIOS CLASIFICADOS
SE ALQUILA

VIVA EN EL CENTRO DE CARACAS

cerca de la estación del metro

Apartamentos sin amueblar
Una o dos habitaciones,
sala-comedor,
cocina totalmente equipada,
baño completo,
lavadora y secadora,
aire acondicionado

Para más información llamar al teléfono
456-7843 de 9 a 5, de lunes a viernes y, de 10 a 2 los sábados

APARTAMENTOS DE LUJO° EN BARRIO ELEGANTE   *luxury*
Apartamentos amueblados con vista a la piscina o al jardín

Sala y comedor amplios,
tres dormitorios,
dos baños,
cocina equipada con horno
microondas y
aparatos electrodomésticos.

Lugar para estacionamiento.
El alquiler incluye
el servicio de agua,
pero no la electricidad
ni el teléfono.

Pueden verse de lunes a viernes, de 2 a 5.
Avenida Simón Bolívar, 327

1. Si alquilo el apartamento que anuncian en el centro de Caracas, ¿necesito tener auto o no? ¿Por qué?

   _____

2. ¿Por qué necesito tener muebles para vivir en ese apartamento?

   _____

3. ¿Es necesario comprar algunos aparatos para la cocina? ¿Por qué?

   _____

4. ¿Por qué puedo lavar mi ropa en el apartamento?

   _____

5. ¿Necesito usar un ventilador en el verano o no? ¿Por qué?

    _____

6. ¿Qué puedo hacer para recibir más información sobre los apartamentos?

    _____

7. ¿Cómo son los apartamentos que se anuncian en la avenida Simón Bolívar?

    _____

8. ¿En qué tipo de vecindario están?

    _____

9. ¿Todos los apartamentos tienen vista al jardín?

    _____

10. Para mudarme a estos apartamentos, ¿necesito tener muebles? ¿Por qué?

    _____

11. ¿Por qué puedo ir a nadar si vivo en estos apartamentos?

    _____

12. ¿Voy a necesitar comprar algo para la cocina?

    _____

13. ¿Por qué no voy a tener problemas para parquear mi coche?

    _____

14. ¿Qué no está incluido en el alquiler?

    _____

B. Your best friend is celebrating her twentieth birthday and you are going to have a party for her and some fifteen friends. Prepare a list of all the things that you are going to need for the party. Also, state what activities you are planning to have and the things that you will need for the activities. Be sure the party will be a success!

LECCIÓN 11
Workbook Activities

ESTRUCTURAS

A. The subjunctive mood Complete the following chart with the corresponding present subjunctive forms.

Infinitive	yo	tú	Ud., él, ella	nosotros(as)	Uds., ellos, ellas
1. hablar	hable	hables	hable	hablemos	hablen
2. aconsejar					
3. deber	deba	debas	deba	debamos	deban
4. temer					
5. abrir	abra	abras	abra	abramos	abran
6. describir					
7. hacer	haga				
8. decir		digas			
9. entender			entienda		
10. volver				volvamos	
11. sugerir					sugieran
12. dormir				durmamos	
13. mentir					mientan
14. buscar	busque				
15. pescar					
16. dar		des			
17. estar			esté		
18. ir				vayamos	
19. ser					sean
20. saber	sepa				

B. The subjunctive with verbs of volition I Everybody wants everybody else to do something. Indicate this by completing the chart below.

Sentence in English	Subject	Verb	**que**	Subject of subordinate clause	Verb in the subjunctive
1. He wants me to speak.	Él	quiere	que	yo	hable.
2. I want you to learn.				tú	
3. You want him to go out.	Tú				
4. She wants us to drink.					bebamos.
5. We want her to come.				ella	
6. You want them to understand.	Ustedes				
7. They want us to remember.				nosotros	
8. You want us to study.	Ustedes				
9. They want us to write.					escribamos.
10. He wants us to lie.	Él				
11. I want you to walk.				tú	
12. They want you to wait.				ustedes	
13. She wants him to work.					
14. We want them to go.					

C. The subjunctive with verbs of volition II My mother needs my brothers and me to do many things today. Indicate what they are, using the present subjunctive.

Mi mamá necesita que...

1. yo _____ (ir) a la agencia de viajes y _____ (comprar) dos pasajes.

2. Julio _____ (llevar) la ropa a la tintorería y _____ (recoger) los pantalones que ella dejó ayer.

3. Raúl y yo _____ (sacar) dinero de nuestra cuenta de ahorros y _____ (pagar) la cuenta del gas.

4. Tito y Paco _____ (pedir) unos folletos sobre Bogotá y se los _____ (traer).

5. Mario _____ (comprar) dos maletas y _____ (dárselas) a papá.

6. nosotros _____ (hacer) todas estas diligencias por la mañana.

D. The subjunctive with verbs of volition and emotion   These conversations can be heard in the college cafeteria. Complete each one, using the infinitive or the present subjunctive, as appropriate.

1.   —Yo te sugiero que _____ (pedir) un préstamo en el banco para comprar el coche.

   —Voy a pedirlo, pero temo que (ellos) no me lo _____ (dar).

2.   —Mañana es sábado. Espero _____ (poder) quedarme en casa.

   —Yo te aconsejo que _____ (ir) a la aerolínea y _____ (reservar) el pasaje.

   —Ojalá que no _____ (ser) muy caro.

3.   —¿Es necesario _____ (llenar) la tarjeta?

   —Sí, tienes que llenarla.

4.   —Es una lástima que nosotros no _____ (tener) la tarde libre hoy, pero me alegro de

   no _____ (tener) que venir a la universidad mañana.

   —Sí, pero yo necesito que mañana tú _____ (ir) a mi casa y me _____ (ayudar) a escribir el informe de literatura.

5.   —¿Tú quieres _____ (ir) a Canadá con nosotros?

   —Sí, pero mi hermana me sugiere que _____ (ir) a Colombia.

   —Espero que (tú) _____ (poder) ir con nosotros el próximo año.

6.   —Necesito _____ (lavar) estos pantalones.

   —Yo te aconsejo que no los _____ (lavar). Te sugiero que los _____ (llevar) a la tintorería.

   —Temo no _____ (poder) ir hoy.

7.   —¿Qué nos sugiere que _____ (hacer) en el verano?

   —Les sugiero que _____ (hacer) un crucero por el Caribe.

8.   —Me alegro de que mi padrino _____ (estar) aquí hoy.

   —Sí, siento no _____ (tener) tiempo para conversar con él.

9.   —¿En qué hotel me aconsejas que me _____ (hospedar)?

   —Te aconsejo que no _____ (ir) a un hotel.

10.   —Yo quiero que ustedes _____ (venir) a verme.

   —Ojalá que (nosotros) _____ (poder) ir a verte el mes que viene.

A. Minidiálogos Complete the following, using vocabulary from Lesson 11.

1. —Dora, necesitamos _____ nuestro viaje de _____ de miel.

   —Sí, mañana vamos a ir a una _____ de viajes.

   —Yo creo que podemos hacer un _____ por el Caribe.

   —¡Magnífico! Viajar en _____ es muy _____.

2. —Deseo un pasaje de _____ y vuelta en _____ turista.

   —¿Quiere un vuelo directo o prefiere hacer _____?

   —Quiero un vuelo directo.

   —¿Prefiere un _____ de _____ o de ventanilla?

   —De ventanilla.

3. —¿Qué incluyen estos _____ turísticos?

   —Incluyen el _____ en el avión y el _____ en el hotel.

   ¿Tienen buenos _____?

   —Sí, no son caros. Estos _____ tienen toda la información.

4. —Mario no gasta ni un centavo.

   —Es verdad. Él es muy _____.

5. —Marta y su _____ piensan casarse el mes próximo.

   —¿Quién es Marta?

   —Es mi _____ de trabajo.

6. —¿A dónde fueron de _____ tus padres?

   —Fueron a Costa Rica. Ellos dicen que tiene unos _____ magníficos.

   —¿Les trajeron muchos regalos a Uds.?

   —Sí, tuvieron que pagar _____ de equipaje, porque tenían muchas maletas.

7. —¿Cuál es la puerta de _____?

   —La número 4.

   —¿A quién le tengo que dar la tarjeta de _____?

   —A la _____.

8. —¿En qué _____ vas a viajar?

   —En *American.*

   —¿Vas a viajar sola?

   —No, mi hermana me va a _____.

B. ¿Qué dice Ud.? You find yourself in the following situations. What do you say?

1. You tell a travel agent that you want a round-trip ticket to Bogotá.

   _____

2. You ask a traveling companion if he wants a window seat or an aisle seat.

   _____

3. You tell a travel agent that you want a direct flight to Bogotá.

   _____

4. You tell your friend that you checked your luggage and that you had to pay excess luggage.

   _____

5. You suggest to a friend that he travel by train or by boat.

   _____

6. You are a travel agent. Tell your client that taking (to take) a cruise is very romantic.

   _____

7. A friend of yours is traveling. Wish her a nice trip and tell her that you want her to send you a post card.

   _____

8. You have offered to buy tickets for a friend. Ask him if he wants you to buy him a one-way ticket or a round-trip ticket.

   _____

C. ¿Qué pasa aquí? Look at the illustration and answer the following questions.

1. ¿En qué agencia de viajes están estas personas?

_____

2. ¿Cuántos agentes de viaje trabajan en la agencia?

_____

3. ¿Adónde quiere viajar Silvia?

_____

4. ¿Cómo va a viajar?

_____

5. ¿En qué fecha puede viajar?

_____

6. ¿Cuánto cuesta el viaje a Lima (en dólares)?

_____

7. ¿Qué días hay vuelos a Lima?

_____

8. ¿Adónde y cómo quiere viajar Daniel a Asunción?

_____

9. ¿Cuándo hay tren para Asunción?

_____

10. ¿A qué ciudad de Argentina quiere viajar Olivia?

_____

11. ¿Ella va con alguien? ¿Cómo lo sabe Ud.?

_____

12. ¿Olivia va a comprar un pasaje de ida?

_____

13. ¿Qué tipo (*type*) de asiento reserva Norberto? ¿Puede fumar en el avión?

_____

VAMOS A LEER

A planear las vacaciones

Rubén y Marisol planean ir de vacaciones en agosto y no pueden decidir adónde ir. Rubén quiere ir a España porque sus padres viven en Sevilla y hace tres años que él no los ve. Marisol prefiere ir a Canadá y pasar dos semanas viajando por Montreal, Toronto y Quebec.

Rubén convence a Marisol y deciden viajar a España. Van a la agencia de viajes, compran dos billetes de ida y vuelta en primera clase y reservan un asiento de ventanilla y un asiento de pasillo.

Cuando vuelven a su casa, Rubén les escribe un correo electrónico a sus padres, diciéndoles que llegan a Sevilla el trece de agosto.

¡Conteste! Answer the following questions based on the reading.

1. ¿En qué mes planean ir de vacaciones Marisol y Rubén?

_____

2. ¿A qué país quiere viajar Rubén?

_____

3. ¿En qué ciudad española viven los padres de Rubén?

_____

4. ¿Cuánto tiempo hace que él no los ve?

_____

5. ¿Marisol quiere ir a España también?

    _____

6. ¿Qué lugares quiere visitar Marisol?

    _____

7. ¿Cuánto tiempo quiere pasar Marisol en Canadá?

    _____

8. ¿Quién convence a quién?

    _____

9. ¿Marisol y Rubén van a viajar en clase turista?

    _____

10. ¿Qué asientos reservan?

    _____

11. ¿Qué hace Rubén cuando vuelve a su casa?

    _____

12. ¿En qué fecha van a llegar a Sevilla Marisol y Rubén?

    _____

EL MUNDO HISPÁNICO Y TÚ

Complete the following charts.

Colombia
1. Capital: _____
2. Colombia es famosa por su _____ y por sus _____.
3. Uno de los barrios más interesantes de la capital: _____
4. Catedral construida en una mina de sal: _____
5. Autor de *Cien Años de Soledad*: _____
6. Música típica colombiana: _____ y _____
7. Famosa cantante colombiana: _____
8. Pintor y escultor colombiano: _____

LECCIÓN **11**

Laboratory Activities

SITUACIONES

CD6-2

Planes para una luna de miel   Listen to the dialogues twice, paying close attention to the speakers' intonation and pronunciation patterns. First, listen to the entire dialogue; then, as you listen for a second time, pause the recording after each sentence and repeat after the speaker.

CD6-3

A. Preguntas y respuestas   You will now hear questions about the dialogues. Answer each one, omitting the subject. The speaker will confirm your response. Repeat the correct response.

B. ¿Qué dice Ud.?   The speaker will present several situations based on the dialogues. Respond appropriately in Spanish to each situation. The speaker will confirm your response. Repeat the correct response. Follow the model.
CD6-4

> **Modelo:**   You tell your teacher that you hope he'll give you an "A."
> *Espero que me dé una "A".*

PRONUNCIACIÓN

CD6-5

When you hear the number, read the corresponding sentence aloud. Then, listen to the speaker and repeat the sentence.

1.   Están tratando de planear su luna de miel.
2.   Yo les sugiero que vayan a Costa Rica.
3.   Hay vuelos directos y vuelos con escala.
4.   Viajar por barco es muy romántico.
5.   Tengo una idea brillante.
6.   No me va a costar un centavo.

ESTRUCTURAS

CD6-6

A. The subjunctive with verbs of volition I   Answer each question you hear, using the cue provided. The speaker will confirm your response. Repeat the correct response. Follow the model.

> **Modelo:**   ¿Qué quieres que yo haga? (comprar los billetes)
> *Quiero que compres los billetes.*

1.   (traer los folletos)
2.   (venir mañana)
3.   (ir a la agencia de viajes)
4.   (estar aquí a las cinco)
5.   (volver temprano)

6.   (dar una fiesta)
7.   (pagar los pasajes)
8.   (quedarse aquí)
9.   (facturar el equipaje)
10.   (traer las maletas)

🔊 **B. The subjunctive with verbs of volition II**   The speaker will say what different people want
CD6-7   to do. Say that you don't want them to do these things. Always use direct object pronouns in your
answers. The speaker will confirm your response. Repeat the correct response. Follow the model.

> **Modelo:**   Nosotros queremos invitar a las chicas.
> *Yo no quiero que las inviten.*

🔊 **C. The subjunctive with verbs of emotion I**   Respond to each statement you hear,
CD6-8   using the cue provided. The speaker will confirm your response. Repeat the correct response.
Follow the model.

> **Modelo:**   Yo me alegro de estar aquí. (de que tú)
> *Yo me alegro de que tú estés aquí.*

1. (que Carlos)
2. (que ustedes)
3. (de que mi hijo)
4. (que tú)
5. (que nosotros)

🔊 **D. The subjunctive with verbs of emotion II**   Respond to each statement you hear,
CD6-9   using the cue provided. The speaker will confirm your response. Repeat the correct response.
Follow the model.

> **Modelo:**   Ana va con Teresa. (Espero)
> *Espero que Ana vaya con Teresa.*

1. (Siento)
2. (Me alegro)
3. (Es una lástima)
4. (Temo)
5. (Espero)
6. (Ojalá)

MÁS PRÁCTICA

◄))) **A. Dibujos** You will hear three statements about each drawing. Choose the letter of the statement
CD6-10 that best corresponds to the drawing. The speaker will verify your response.

1.

a   b   c

2.

a   b   c

3.

a   b   c

4.

a   b   c

5.

a   b   c

◄))) **B. Unos diálogos breves** Before listening to the dialogues in this section, study the comprehension
CD6-11 questions below. Reviewing the questions ahead of time will help you to remember key information
as you listen. Then, listen carefully to the dialogues and answer each question, omitting the subject.
The speaker will confirm your response. Repeat the correct answer.

1. ¿El avión hace escala en alguna parte?
2. ¿El Sr. Acosta quiere un pasaje en clase turista?
3. ¿Cuándo va a viajar el Sr. Acosta?
4. ¿El Sr. Acosta quiere un asiento de ventanilla o de pasillo?
5. ¿Qué tiene Silvia?
6. ¿Qué le sugiere Héctor que le pida a la azafata?
7. ¿Qué quiere tomar Silvia?
8. ¿Qué le dice Héctor que necesita tomar?
9. ¿Por qué quiere Silvia que sirvan la comida?
10. ¿A qué hora sale el avión?
11. ¿Cuántas horas de atraso tiene?
12. ¿Cuál es la puerta de salida?
13. ¿Dónde puso Sara las tarjetas de embarque?
14. ¿Qué quiere comprar Sara para leer?
15. ¿Qué dice Andrés de la idea?

◀))) C. Para contestar Answer the questions you hear, using the cues provided. The speaker will
CD6-12 confirm your answers. Repeat the correct answer.

1. (no)
2. (Colombia)
3. (avión)
4. (sí)
5. (Hawái)

6. (American)
7. (buen viaje)
8. (en el verano)
9. (en el Hilton)
10. (no, nunca)

◀))) D. Tome nota You will hear three flight announcements at the airport in Bogotá. First, listen
CD6-13 carefully for general comprehension. Then, as you listen for a second time, fill in the information
requested.

AEROPUERTO INTERNACIONAL DE BOGOTÁ

LLEGADAS

Aerolínea: _____

_____

Vuelo: _____

Procedente de: _____

_____

Hora: _____

Puerta de salida: _____

SALIDAS

Aerolínea: _____

_____

Vuelo: _____

Con destino a: _____

Puerta de salida: _____

Aerolínea: _____

Vuelo: _____

Con destino a: _____

Hora: _____

Puerta de salida: _____

◀))) E. Dictado The speaker will read six sentences. Each sentence will be read twice. After the first
CD6-14 reading, write what you heard. After the second reading, check your work and fill in what you missed.

1. _____

2. _____

3. _____

4. _____

5. _____

6. _____

LECCIÓN 12
Workbook Activities

ESTRUCTURAS

A. The *Ud.* and *Uds.* commands I   Complete the chart below with **Ud.** and **Uds.** command forms.

Infinitive	Command	
	Ud.	Uds.
1. preparar	*prepare*	*preparen*
2. caminar		
3. aprender	*aprenda*	*aprendan*
4. beber		
5. abrir	*abra*	*abran*
6. salir		
7. venir	*venga*	*vengan*
8. hacer		
9. dar	*dé*	*den*
10. estar		
11. empezar	*empiece*	*empiecen*
12. comenzar		
13. pedir		
14. contar		
15. ir	*vaya*	
16. ser		*sean*

B. **The *Ud.* and *Uds.* commands II**   You will be out of the office tomorrow. Tell Miss Montalván, your assistant, to do the following.

1.   estar en la oficina a las siete

_____

2.   traducir las cartas y llevarlas al correo

_____

3.   ir al banco y depositar los cheques

_____

4.   decirle al Sr. Díaz que el lunes hay una reunión (*meeting*)

_____

5.   poner los documentos en mi escritorio / no dárselos a la Srta. Valdés

_____

_____

6.   mandarle un fax al Sr. Uribe o llamarlo por teléfono para que venga el lunes

_____

_____

7.   quedarse en la oficina hasta las cinco

_____

C. **The *Ud.* and *Uds.* commands III**   You and your brother are asking your father what to do. Write his answers to your questions, using commands and the cues provided.

1.   ¿A qué hora tenemos que salir? (ahora)

_____

2.   ¿Qué autobús tomamos? (el número 40)

_____

3.   Para ir a la parada de autobuses, debemos doblar (*turn*) a la derecha? (sí)

_____

4.   ¿A qué hora tenemos que estar en el correo? (a las cuatro)

_____

5.   ¿A quién tenemos que llamar esta noche? (al Sr. Paz)

_____

6. ¿Qué tenemos que decirle? (que lo necesito)

_____

7. Jorge necesita el coche; ¿se lo prestamos? (no)

_____

8. Paquito quiere un teléfono celular, ¿se lo compramos? (no)

_____

D. The subjunctive to express doubt, disbelief, and denial   These people are discussing cars. Complete their conversations by writing the verbs given in the present subjunctive or the present indicative.

1. —Aníbal quiere vender su coche. Yo creo que nosotros _____ (poder) comprarlo.

   —No, no creo que eso _____ (ser) una buena idea porque su coche funciona un día sí y otro no.

   —Estoy seguro de que el mecánico _____ (poder) arreglarlo.

   —Dudo que _____ (valer) la pena arreglarlo.

2. —Yo creo que tú _____ (tener) que llevar el coche al taller de mecánica.

   —Yo dudo que _____ (estar) abierto hoy porque es sábado.

   —No es verdad que ellos _____ (cerrar) los sábados. Yo creo que solo _____ (cerrar) los domingos.

3. —Este taller de mecánica es el mejor de la ciudad.

   —Es verdad que _____ (ser) bueno, pero no es cierto que _____ (ser) el mejor.

4. —El coche que tú quieres cuesta un ojo de la cara.

   —Yo no niego que _____ (ser) caro, pero no dudo que _____ (valer) la pena comprarlo.

E. Constructions with *se*   You are talking to a student from Ecuador, who has many questions about your town. Answer his questions, using the cues provided.

1. ¿A qué hora se abren los bancos? (a las diez)

_____

2. ¿A qué hora se cierra el correo? (a las seis)

_____

3. ¿Cómo se dice "grúa" en inglés?

   _____

4. ¿Qué se come aquí? (pollo)

   _____

5. ¿Dónde se venden coches usados? (en la calle Quinta)

   _____

MÁS PRÁCTICA

A. Minidiálogos Complete the following, using vocabulary from Lesson 12.

1. —¿Tú coche _____ bien?

   —No, a _____ está en el taller de mecánica.

   —¿Crees que el _____ va a ser muy caro?

   —Sí, creo que no _____ la pena arreglarlo.

2. ¿Qué estás leyendo?

   —Los avisos _____. Necesito comprar un coche nuevo.

   Ayer el mío no _____ y tuve que llamar una _____.

   —Pero un coche nuevo cuesta un _____ de la cara, y tú no tienes mucho dinero.

   —Bueno, puedo comprar un coche _____.

3. —¿Vas a comprar un coche de _____ mecánicos? Gastan menos

   _____.

   —Es verdad, pero no creo que yo pueda _____ a manejarlo. Prefiero los

   coches _____.

4. —¿Vas a ir a la farmacia a pie?

   —No, voy a tomar el _____. ¿Dónde está la parada?

   —Está en la _____ de las calles Paz y Octava.

5. —¿Qué problema tiene tu coche?

   —Tiene un _____ pinchado, y yo no tengo un _____

   para poder cambiarlo.

   —Puedes llamar a la _____ de servicio. ¿Tienes tu teléfono _____ ?

   —No, lo dejé en casa.

6. —¿Cuál es la velocidad _____ en la _____?

   —Es de 65 _____ por _____ pero yo siempre manejo a

   menos velocidad.

7. —Necesito ir a la _____ de correos. ¿Está abierta los domingos?

   —No, los domingos está _____.

8. —¿El _____ de tu coche está vacío?

   —No, está _____. No tengo que ir a la _____ porque
   no necesito gasolina.

9. —¿Qué te pidió el policía cuando te puso la multa?

   —Me pidió mi _____ para conducir.

10. —¿Cuántas _____ de aire tiene tu coche?

    —Tiene dos.

B. ¿Qué dice Ud.?   You find yourself in the following situations. What do you say?

1. You are going to rent a car. Tell the agent you want a two-door compact car with standard shift.

   _____

   _____

2. You tell a friend that your car won't start and that you need to call a tow truck. Tell him / her also that you need a new battery.

   _____

   _____

3. You are complaining about your car. Say that it costs you an arm and a leg because it breaks down often.

   _____

4. You ask your roommate what time the beauty salon opens.

   _____

5. Your son is driving too fast. Tell him that the speed limit on the freeway is sixty-five miles per hour.

   _____

6. Tell someone that you doubt that you can go to the post office today.

_____

_____

7. Your friend wants to go to the bank. Tell him that you don't think it's open on Saturdays.

_____

_____

8. Your friend says that you're not punctual. Tell him it's not true that you're always late.

_____

_____

C. ¿Qué pasa aquí? Look at the illustrations and answer the following questions.

A. 1. ¿Dónde está Carlos en este momento? _____

2. ¿Cómo se llama el taller? _____

3. ¿Qué levantó el mecánico? _____

4. ¿Qué cree el mecánico que necesita para arreglar el coche?

_____

5. ¿Él cree que las tiene en el taller?

_____

6. ¿Cuándo cree él que puede recibir las piezas de repuesto?

_____

7. ¿Ud. cree que Carlos piensa que el arreglo le va a costar un ojo de la cara?

_____

B. 1. ¿Qué necesita Ana?

_____

2. ¿Por qué no puede Ana manejar hasta la gasolinera?

_____

3. ¿Cuánto cuesta la gasolina?

_____

4. ¿Qué otra cosa necesita Ana?

_____

5. ¿Qué no tiene Ana en el maletero?

_____

EL MUNDO HISPÁNICO Y TÚ

Complete the following charts.

Perú
1. Capital: _____
2. Una de las siete nuevas maravillas del mundo: _____
3. Capital del Imperio Inca: _____
4. Libertador de Perú: _____
5. Animales típicos de la fauna peruana: la _____, la _____
y la _____
6. Famoso lago que puede visitarse en Perú: _____
7. Universidad más antigua de América: _____

Ecuador

1. Capital más antigua de América del Sur: _____

2. Lengua que habla la mayoría de los indígenas de Ecuador: _____

3. Principal producto de exportación del país: _____

4. Monumento que marca el punto por donde pasa la línea del ecuador: _____

5. Uno de los centros ecológicos mejor conservados: _____

6. Naturalista que hizo estudios en las islas Galápagos: _____

7. Años que pueden vivir las tortugas galápagos: _____

LECCIÓN 12
Laboratory Activities

SITUACIONES

🔊 **CD6-15** **Necesitamos un coche** Listen to the dialogues twice, paying close attention to the speakers' intonation and pronunciation patterns. First, listen to the entire dialogue; then, as you listen for a second time, pause the recording after each sentence and repeat after the speaker.

🔊 **CD6-16** **A. Preguntas y respuestas** You will now hear questions about the dialogues. Answer each one, omitting the subject. The speaker will confirm your response. Repeat the correct response.

🔊 **CD6-17** **B. ¿Qué dice Ud.?** The speaker will present several situations based on the dialogue. Respond appropriately in Spanish to each situation. The speaker will confirm your response. Repeat the correct response. Follow the model.

> **Modelo:** You tell a friend modern cars are very complicated.
> *Los coches modernos son muy complicados.*

PRONUNCIACIÓN

🔊 **CD6-18** When you hear the number, read the corresponding sentence aloud. Then, listen to the speaker and repeat the sentences.

1. Están leyendo los avisos clasificados.
2. El arreglo no va a ser muy caro.
3. Un coche nuevo cuesta un ojo de la cara.
4. Ahora están en la agencia donde se venden coches usados.
5. Creo que este se va a descomponer a menudo.
6. Nosotros lo llamamos la semana próxima.

ESTRUCTURAS

🔊 **CD6-19** **A. Ud. and Uds. commands** You will hear a series of statements with the construction **tener que** + *infinitive*. Change each one to **Ud.** and **Uds.** commands. The speaker will confirm your response. Repeat the correct response. Follow the model.

> **Modelo:** Ud. tiene que estudiar la lección.
> *Estudie la lección.*

🔊 **B. Position of object pronouns with commands**   Answer each question you hear in the affirmative or in the negative, according to the cue provided. The speaker will confirm your response. Repeat the correct response. Follow the model.

Modelo: —¿Compro la bicicleta? (sí)
—*Sí, cómprela.*

—¿Compro el acumulador? (no)
—*No, no lo compre.*

1. no
2. sí
3. sí
4. no
5. no
6. no
7. sí
8. no
9. sí
10. sí

🔊 **C. The subjunctive to express doubt, disbelief, and denial**   Respond to each statement you hear by expressing doubt, disbelief, or denial. The speaker will confirm your response. Repeat the correct response. Follow the model.

Modelo: Creo que Ana tiene el libro.
No creo que Ana tenga el libro.

🔊 **D. Constructions with *se***   Answer the following questions, using the cues provided. The speaker will confirm your response. Repeat the correct response. Follow the model.

Modelo: ¿A qué hora se abre el zoológico? (a las siete)
Se abre a las siete.

1. (español)
2. (a las nueve)
3. (lleno)
4. (taller)
5. (en California)
6. (español)
7. (inglés y francés)
8. (a las seis)

MÁS PRÁCTICA

A. Dibujos You will hear three statements about each drawing. Choose the letter of the statement
CD6-27 that best corresponds to the drawing. The speaker will verify your response.

1.

a   b   c

2.

a   b   c

3.

a   b   c

4.

a   b   c

5.

a   b   c

Before listening to the dialogues in this section, study the comprehension questions below. Reviewing the questions ahead of time will help you to remember key information as you listen. Then, listen carefully to the dialogues and answer each question, omitting the subject. The speaker will confirm your response. Repeat the correct answer.

1. ¿Por qué volvió Fernando en ómnibus a su casa?
2. ¿Qué tuvo que llamar Fernando?
3. ¿Dónde dejó el coche?
4. ¿Qué dijo el mecánico que necesitaba el coche?
5. ¿Tiene el coche otros problemas?
6. ¿Cuándo va a ir Fernando al taller?
7. ¿Qué dice Adela que tiene que hacer?
8. ¿Cómo va a ir Fernando a la oficina?
9. ¿Qué está leyendo Blanca?
10. ¿Qué necesita comprar Blanca?
11. ¿Dónde se venden coches usados?
12. ¿Adónde tiene que ir Gerardo?
13. ¿Tiene que ir a otro lugar?
14. ¿Cuándo puede ir Gerardo con Blanca?

◀)) **C. Para contestar**   Answer the questions you hear, using the cues provided. The speaker will
CD6-29   confirm your answers. Repeat the correct answer.

1. (sí)   6. (no)
2. (sí)   7. (sí)
3. (no)   8. (no)
4. (popular)   9. (sí)
5. (dos)   10. (sí)

◀)) **D. Tome nota**   You will hear some excuses that four brothers and sisters give their Mom so they
CD6-30   don't have to visit some boring relatives. First, listen carefully for general comprehension. Then, as you listen a second time, fill in the information requested.

EXCUSA

Graciela:	Lugares:	1.	_____
		2.	_____
Irene:	Lugar: _____		
	Para comprar: _____		
Fernando:	Lugar: _____		
	Razón: _____		
Ángel:	Lugar: _____		
	Va a comprar:	1.	_____
		2.	_____

E. Dictado The speaker will read six sentences. Each sentence will be read twice. After the first reading, write what you heard. After the second reading, check your work and fill in what you missed.

1. _____

2. _____

3. _____

4. _____

5. _____

6. _____

Hasta ahora... Una prueba

Let's combine the structure and the vocabulary from **Lecciones 11** and **12**. How much can you remember?

A. Complete the following exchanges, using the infinitive, the present indicative, or the present subjunctive of the verbs given.

1. —¿Qué van a hacer tus padres este verano?

   —Ellos quieren _____ (viajar) a Colombia, pero no quieren _____ (gastar) mucho dinero.

   —¿Qué les sugieres tú?

   —Yo les sugiero que _____ (viajar) entre semana y que no _____ (ir) en primera

   clase, pero ellos temen que no _____ (ser) muy cómodo viajar en clase turista.

2. —¿Tú necesitas que yo _____ (ir) a la agencia de viajes hoy?

   —Sí, y quiero que le _____ (pedir) al agente folletos sobre Perú y Ecuador.

   —Dudo que yo _____ (poder) ir hoy porque voy a terminar tarde en la oficina.

3. —¿Tú quieres que Carlos _____ (comprar) un coche nuevo?

   —Sí, y ojalá que _____ (ser) un coche automático, pero creo que él _____

   (preferir) uno de cambios mecánicos, porque él espera que _____ (costar) menos y que

   _____ (gastar) menos gasolina.

   —Ojalá que ustedes _____ (poder) estar de acuerdo cuando compren el coche.

4. —¿A qué taller me aconsejas que _____ (llevar) el coche?

   —Te aconsejo que lo _____ (llevar) al Taller Salgado. Es el mejor.

   —Es verdad que es bueno, pero no creo que _____ (ser) el mejor. Además,

   creo que ellos _____ (cobrar) mucho.

   —No te niego que _____ (cobrar) mucho, pero hacen un buen trabajo.

B. Complete the following exchanges, using the Spanish equivalent of the words in parentheses.

1. —¿Adónde quiere Ud. que yo _____? (*go*)

   —_____a la estación de servicio y _____ una batería nueva. (*Go / buy*)

2. —¿A qué hora quiere Ud. que nosotros _____? (*come*)

   — _____ aquí a las ocho y, por favor, _____ Uds. puntuales. (*Be / be*)

3. —¿Le damos los folletos a Teresa?

—No, _____ Teresa. _____ Carmen. (*don't give them to / Give them to*)

4. —Tú siempre gastas mucho dinero.

—_____que, a veces, _____ mucho, _____ que _____ siempre.
(*I don't deny / I spend / but it's not true / I do it*)

5. —Marta, ¿ _____ a las nueve? (*the banks open*)

—No, _____ a las diez. (*they open*)

—¿Y el correo? ¿ _____? (*What time does it open?*)

—_____ a las nueve. (*It opens*)

C. Arrange the following vocabulary in groups of three, according to categories.

excelente	avión	hotel	padrino	pasaje	acumulador
ir a pie	turista	barco	automóvil	avenida	gasolina
taller de mecánica	grúa	caminar	billete	magnífico	arrancar
estación de servicio	arreglo	correr	tren	neumático	boleto
de cambios mecánicos	gato	hospedaje	autopista	descomponerse	gasolinera
pensión	vuelo	remolcador	automático	mecánico	madrina
buenísimo	viajero	llanta	batería	calle	ahijado

1. _____   _____   _____

2. _____   _____   _____

3. _____   _____   _____

4. _____   _____   _____

5. _____   _____   _____

6. _____   _____   _____

7. _____   _____   _____

8. _____   _____   _____

9. _____   _____   _____

10. _____   _____   _____

11. _____   _____   _____

12. _____   _____   _____

13. _____   _____   _____

14. _____   _____   _____

D. Write the questions that originated the following answers.

1. —_____

   —Yo les sugiero que hagan un crucero.

2. —_____

   —Quiero que tú vayas a la agencia de viajes.

3. —_____

   —No, temo que no haya pasajes más baratos.

4. —_____

   —Espero que vengan el mes próximo.

5. —_____

   —No, no es cierto que Jorge sea muy tacaño.

6. —_____

   —Sí, en esa agencia se venden coches usados.

7. —_____

   —No, no creo que valga la pena arreglar el coche.

8. —_____

   —En Brasil se habla portugués.

9. —_____

   —No, no es verdad que mi coche no funcione bien.

10. —_____

    —No, no estoy seguro de que el correo esté abierto hoy.

Un paso más

A. Read the ad for Renta Autos Perú, and then answer the questions that follow.

Renta Autos Perú

¿Necesita alquilar un coche? ¡Visítenos!

Tenemos coches completamente nuevos, grandes, medianos y compactos, automáticos o de cambios mecánicos. Todos con dos bolsas de aire.

Le ofrecemos:

- Los precios más bajos sin límite de kilómetros
- Entrega y recogida en cualquier lugar sin costo adicional
- Oficinas en todos los aeropuertos del país

Nota: Los coches se deben entregar con el tanque lleno.

Haga su reservación por teléfono o visite cualquiera de nuestras agencias.

Oficina Central ☎ 453-4532

1. ¿Cómo se llama la compañía que se anuncia?

   _____

2. Si quiero alquilar un auto que no gaste mucha gasolina, ¿cuál es mi mejor opción?

   _____

3. En mi familia somos seis personas, ¿debo alquilar un auto compacto o no? ¿Por qué?

   _____

4. ¿Cómo son los precios de la compañía?

   _____

5. Si llego a Perú en avión, ¿va a ser fácil alquilar un auto de Renta Auto Perú? ¿Por qué?

   _____

6. ¿Por qué son seguros (*safe*) los autos de esta compañía?

   _____

7. Si alquilo con esta compañía, ¿debo pagar por los kilómetros?

_____

8. Si alquilo el auto en el aeropuerto, ¿puedo dejarlo en una agencia en la ciudad?

_____

9. ¿Debo pagar extra por este servicio?

_____

10. ¿Qué debo hacer antes de devolver (*to return*) el auto?

_____

11. ¿Qué puedo hacer si quiero reservar un auto con esta compañía?

_____

12. ¿A qué número de teléfono debo llamar?

_____

B. Your best friend is going to be married in a month and you are helping her and her future husband to plan their honeymoon trip. Give them some ideas about places to visit. Tell them about different things they can do and see in those places, and also give them some ideas about how much the trips will cost. Suggest at least two or three different places.

Repaso de vocabulario (Lecciones 7–12)

A. Match the questions in column A with the answers in column B.

	A		**B**
1.	¿Es una habitación doble?	a.	Anteayer.
2.	¿Tiene bañadera?	b.	Sí, y su juventud en Bogotá.
3.	¿Vas a usar el ascensor?	c.	Sí, y me acosté tarde.
4.	¿Quién lleva las maletas?	d.	Si, porque viene de Perú.
5.	¿Cuándo vinieron?	e.	Hubo un incendio.
6.	¿Hay toallas?	f.	Si, la boda es en mayo.
7.	¿Tiene que pasar por la aduana?	g.	Por desgracia, no.
8.	¿Qué cantaron?	h.	No, los llevé a la tintorería.
9.	¿Se van a casar?	i.	A la peluquería.
10.	¿Qué frutas compraste?	j.	No, la escalera.
11.	¿Pasó su infancia en Lima?	k.	Sí, un ramo de margaritas.
12.	¿Qué usaste para la ensalada?	l.	No, una tortuga.
13.	¿Te levantaste temprano?	m.	Manzanas y duraznos.
14.	¿Qué festejaron?	n.	No, con un cheque.
15.	¿Lavaste los pantalones?	o.	No, sencilla.
16.	¿Tienes una cuenta corriente?	p.	En el maletero.
17.	¿Compraste flores?	q.	Sus bodas de oro.
18.	¿Qué pasó?	r.	Sí, pero no hay jabón.
19.	¿Te dieron el préstamo?	s.	Un acumulador nuevo.
20.	¿Pagaste en efectivo?	t.	No, está cerrado.
21.	¿Le compraste un conejo?	u.	No, ducha.
22.	¿Qué necesitaba el coche?	v.	Sí, y una de ahorros.
23.	¿Adónde fue tu mamá?	w.	Canciones cubanas.
24.	¿El correo está abierto?	x.	Lechuga y pepinos.
25.	¿Dónde pusiste el gato?	y.	El botones.

B. Circle the word or phrase that best completes each sentence.

1. La (chapa, luz, llanta) de mi coche es BCD542.
2. El mecánico levantó el (volante, capó, parabrisas).
3. ¿Cuál es la velocidad máxima en la (bocina, autopista, esquina)?
4. ¿Fueron en (colectivo, arreglo, neumático)?
5. Mi coche se descompone a menudo. No vale la pena (arreglarlo, incluirlo, alquilarlo).
6. Yo no estoy (desocupado, amueblado, acostumbrado) a compartir un apartamento.
7. Mi mamá es (vecina, maestra, pensión).
8. Hace mucho calor. Necesitamos un (clavel, ventilador, sillón).
9. Puse la carne en (la secadora, la cafetera, el horno).
10. No puedo dormir bien. Necesito una (tostadora, alfombra, almohada) nueva.
11. Voy a freír (*fry*) huevos. ¿Dónde está la (plancha, licuadora, sartén)?
12. No me gusta mi barrio. Me voy a (encontrar, mudar, reír).
13. Yo soy hija (única, misma, antigua).
14. Mi coche no arranca. Necesito un (microondas, remolcador, vendedor).
15. ¿Toman el metro o van (al mes, a menudo, a pie)?
16. Tengo que hacer (hidrantes, monos, diligencias).
17. ¿Dónde (mataste, regalaste, estacionaste) el auto?
18. Quiero que estés (lista, equivocada, segura) a las dos.
19. Necesitas (el pensamiento, la fecha, la firma) del profesor.
20. Comí pan con (naranja, mantequilla, zanahoria).

LECCIÓN 13
Workbook Activities

ESTRUCTURAS

A. The familiar commands (*tú*) I   Fill in the chart with the appropriate **tú** command forms.

Infinitive	Affirmative Command	Negative Command
1. hablar		
2. comer		
3. escribir		
4. hacerlo		
5. venir		
6. bañarse		
7. afeitarse		
8. dormirse		
9. ponérselo		
10. ir		
11. ser		
12. vendérmelo		
13. levantarse		
14. tener		
15. salir		
16. decírselo		

B. The familiar commands (*tú*) II Someone is asking you for instructions. Tell this person what to do, using **tú** commands and the cues provided. Follow the model.

> **Modelo:** Aquí está el vestido. ¿Dónde lo pongo? (en mi cuarto)
> *Ponlo en mi cuarto.*

1. ¿Con quién voy a la tienda? (con Aurora)

   _____

2. ¿Qué les compro a los chicos? (calcetines)

   _____

3. ¿Qué te traigo a ti? (una billetera)

   _____

4. Aquí están las pantimedias. ¿A quién se las doy? (a Nora)

   _____

5. ¿Qué hago con los zapatos? ¿Se los doy a José? (no)

   _____

6. ¿Qué vestido me pruebo? (el vestido amarillo)

   _____

7. ¿Qué abrigo me pongo? (el abrigo verde)

   _____

8. ¿Voy a la tienda ahora? (no)

   _____

9. Ana trajo las camisetas. ¿Las pongo en la cama? (no)

   _____

10. Hoy tenemos la fiesta. ¿Se lo digo a Rita? (no)

    _____

11. ¿Qué hago para la cena? (pollo a la parrilla)

    _____

12. ¿A qué hora vengo mañana? (a las siete)

    _____

C. The familiar commands (*tú*) III   According to each person's situation, tell him / her what to do. Use **tú** commands. Follow the model.

  Modelo: Tengo mucha sed y aquí hay refrescos.
       Bebe un refresco.

1. Tengo mucha hambre y hay sándwiches en la cocina.

   _____

2. Tengo un examen difícil mañana.

   _____

3. Yo necesito leer el periódico y mi hermano quiere que se lo dé.

   _____

4. Estoy cansada y aquí hay una silla.

   _____

5. Necesito aretes y allí hay una joyería muy buena.

   _____

6. No puedo venir esta tarde, pero puedo venir esta noche.

   _____

7. No puedo llamar a Eva hoy, pero puedo llamarla mañana.

   _____

8. No puedo ponerme este vestido, pero puedo ponerme el vestido negro.

   _____

9. Necesito los guantes de Nora y quiero pedírselos.

   _____

10. Es tarde y quiero acostarme porque tengo sueño.

   _____

D. **¿Qué? and ¿cuál? used with *ser***   These are answers that David Torales gave. Write the questions that elicited each statement given as a response, using **qué** or **cuál** as appropriate.

1. —_____

    —Mi apellido es Torales.

2. —_____

    —Mi número de teléfono es 8–75–43–30.

3. —_____

    —Un pasaporte es un documento que se necesita para viajar.

4. —_____

    —Mi dirección es avenida Olmos, número 436, Lima.

5. —_____

    —Mi número de seguro social es 756–89–6523.

6. —_____

    —El polo es un deporte (*sport*) que se juega a caballo.

E. **The subjunctive to express indefiniteness or nonexistence I**   Look at the pictures below, and then complete each sentence with either the indicative or the subjunctive.

1. Vamos a un _____

    _____ donde

    _____ .

2. ¿Hay algún _____

    _____ donde

    _____ ?

3. Tengo una empleada _____

_____

_____ .

4. Necesito una _____

_____

_____ .

5. Tengo una amiga que _____

_____

_____ .

6. No conozco a nadie que _____

_____

_____ .

7. Hay un señor que _____

_____

_____ .

8. No hay nadie que _____

_____

_____ .

LECCIÓN 13 Workbook Activities **199**

F. The subjunctive to express indefiniteness or nonexistence II Alicia just got home and found many messages waiting for her. Complete each one, using the present subjunctive or the present indicative.

1. ¿Tienes una cartera que _____ (hacer) juego con mis zapatos rojos? ¡La necesito para el sábado! Yo tengo tres carteras que no _____ (hacer) juego con nada.   —Mabel

2. ¿Conoces a algún muchacho que _____ (poder) ir a una fiesta con mi hermanita el sábado? Yo no conozco a nadie que _____ (ser) de la edad de ella y los muchachos que ella conoce _____ (tener) novia.   —Isabel

3. No vamos a ir al centro comercial porque no hay ninguna tienda que _____ (tener) liquidación este sábado. Hay una zapatería que _____ (tener) las botas de cuero que a ti te gustan, pero no están en rebaja.   —Rosario

4. Mi papá busca una secretaria que _____ (saber) francés y alemán. Yo conozco a dos chicas que _____ (hablar) los dos idiomas, pero ninguna quiere trabajar los fines de semana. ¿Tú conoces a alguien que _____ (necesitar) trabajo?   —Raúl

MÁS PRÁCTICA

A. Minidiálogos Complete the following, using vocabulary from Lesson 13.

1. —¿Qué _____ usa Anita? ¿Pequeña?

   —No, mediana.

   —¿Sabes qué número _____?

   —No, tengo que _____ los pies.

2. —Este vestido de _____ es muy elegante. ¿Me lo puedo probar?

   —Sí, el _____ está a la derecha.

   —¿Tiene unas sandalias que hagan _____ con el vestido?

   —Sí, y estas son de muy buena _____.

3. —¿Para qué vas a la tienda?

   —Para _____ este _____ de botas; son muy _____.
   Yo necesito unas botas más anchas.

4. —No tengo nada que _____.

—Entonces, vamos de _____ al centro _____. Allí hay muchas

tiendas por _____.

—Sí, y hoy todo está muy barato. Hay una gran _____.

5. —Irene, ¿te gusta esta blusa?

—Sí, combina con tu _____.

—¿Qué te _____ si la compro?

—Creo que es una idea _____. Está muy barata. Es una _____.

6. —¿Dónde está Jaime?

—Está en el departamento de _____, porque quiere comprarse un traje.

También va a comprar _____ interior y unos zapatos de _____.

7. —¿Fuiste a la _____?

—Sí, tenía que comprar algunos libros.

—¿Qué hiciste después?

—Fui a un restaurante de comida _____ y almorcé allí.

B. ¿Qué dice Ud.?   You find yourself in the following situations. What do you say?

1. You tell your roommate that you don't have anything to wear and ask him / her if he / she
   wants to go shopping with you.

   _____

   _____

2. At a store, you ask the clerk where the fitting room is. Ask also if they have blue pants in size
   medium.

   _____

   _____

3. You ask your sister to go to the store and return the shirt that she gave you because it's too
   small for you.

   _____

   _____

4. You ask someone if there is a bookstore that sells books in Spanish.

_____

_____

5. Your friend always worries about everything. Tell him / her not to worry.

_____

_____

6. At a store, you tell the clerk that you want a pair of shoes that match your pants. Tell him what shoe size you wear.

_____

_____

7. You tell you mother that the boots she bought for you are too big for you.

_____

_____

8. You tell someone that there isn't any restaurant that serves Japanese food.

_____

_____

C. ¿Qué pasa aquí? Look at the illustration and answer the following questions.

1. ¿Qué se va a probar Carmen?

   _____

2. ¿El vestido está en liquidación?

   _____

3. ¿Qué descuento[1] da la tienda hoy?

   _____

4. ¿Qué le quiere comprar Carmen a Pablo?

   _____

5. ¿Qué quiere comprar Rosa?

   _____

6. ¿Qué lleva Rosa en la mano?

   _____

7. ¿Qué número calza Adela?

   _____

8. ¿Le van a quedar bien los zapatos a Adela?

   _____

9. ¿Le van a quedar grandes o chicos?

   _____

10. ¿Cree Ud. que las botas son de buena calidad (*quality*)?

   _____

11. ¿Adela piensa comprar las botas?

   _____

12. ¿Cómo se llama la tienda?

   _____

_____
[1]discount   *Hint:* 50 por ciento

El mensaje de José Luis   Este es un mensaje electrónico que José Luis les mandó a sus padres.

¡Hola! ¿Cómo están todos? Yo estoy bien, pero muy cansado porque Carlos y yo estuvimos trabajando mucho para limpiar y arreglar nuestro apartamento.

Ayer fui de compras porque tenían una gran liquidación en mi tienda favorita. Ya compré casi todos los regalos de Navidad. A abuelo le compré unos pañuelos y una corbata y a abuela un camisón. Para Anita compré una blusa rosada y para Jorge una billetera. No les digo lo que compré para ustedes porque quiero que sea una sorpresa.

Yo invité a Carlos a pasar la Navidad con nosotros, pero él va a pasar las vacaciones en la casa de los padres de su novia.

¡Ah! Todavía estoy buscando a alguien que me lleve en coche a Viña del Mar en diciembre. Si no encuentro a nadie, voy a alquilar un coche.

Mamá, hazme un favor: dile a Silvia que me escriba o me llame por teléfono. ¡La extraño mucho!

Bueno, denle cariños° a toda la familia. Los veo en diciembre.   *love*
Besos.
José Luis

¡Conteste!   Answer the following questions based on the reading.

1.   ¿Qué les mandó José Luis a sus padres?

   _____

2.   ¿Qué estuvieron limpiando y arreglando él y Carlos?

   _____

3.   ¿Qué hizo José Luis ayer?

   _____

4.   ¿Qué tenían en su tienda favorita?

   _____

5.   ¿Qué le compró a su abuelo?

   _____

6.   ¿Qué compró para Anita?

   _____

7.   ¿Le compró algo a Jorge?

   _____

8.   ¿Por qué no les dice a sus padres lo que les compró?

   _____

9. ¿Dónde va a pasar Carlos las vacaciones?

   _____

10. ¿Qué está buscando José Luis?

    _____

11. ¿Qué quiere que su mamá le diga a Silvia?

    _____

12. ¿En qué mes va a ver José Luis a toda la familia?

    _____

EL MUNDO HISPÁNICO Y TÚ

Complete the following chart.

Chile
1. Centros de esquí más famosos: _____ y _____
2. Productos de exportación: _____, _____ y _____
3. Famosa ciudad balneario: _____
4. Principal evento artístico: _____
5. Principal atracción turística de la isla de Pascua: _____
6. Autor de *Veinte poemas de amor y una canción desesperada*: _____
7. Primer premio Nobel de Literatura entre los escritores latinoamericanos: _____
8. Autora de *La casa de los espíritus*: _____

LECCIÓN 13
Laboratory Activities

SITUACIONES

🔊 **Vamos de compras**   Listen to the dialogues twice, paying close attention to the speakers' intonation and pronunciation patterns. First, listen to the entire dialogue; then, as you listen for a second time, pause the recording after each sentence and repeat after the speaker.
CD7-2

🔊 **A. Preguntas y respuestas**   You will now hear questions about the dialogues. Answer each one, omitting the subject. The speaker will confirm your response. Repeat the correct response.
CD7-3

🔊 **B. ¿Qué dice Ud.?**   The speaker will present several situations based on the dialogue. Respond appropriately in Spanish to each situation. The speaker will confirm your response. Repeat the correct response. Follow the model.
CD7-4

> **Modelo:**   You ask your friend what size shoe she wears.
> *¿Qué número calzas?*

PRONUNCIACIÓN

🔊 When you hear the number, read the corresponding sentence aloud. Then, listen to the speaker and repeat the sentence.
CD7-5

1. Los chicos necesitan ropa y zapatos.
2. Es un vestido para una niñita.
3. No te olvides que yo perdí 2 kilos.
4. Aquí no hay nada que me guste.
5. Fabio va a la caja y paga por los zapatos de tenis.
6. ¿Qué te parece si nunca más volvemos al centro comercial?

ESTRUCTURAS

🔊 **A. The familiar commands (tú)**   Answer each question you hear with the familiar **tú** command of the corresponding verb. The speaker will confirm your response. Repeat the correct response. Follow the model.
CD7-6

> **Modelo:**   ¿No vas a ir a la tienda?
> *No, ve tú.*

🔊 **B. Tú commands: Negative forms**   Answer each question you hear in the negative, using the familiar **tú** command and the corresponding object pronoun. Remember that the negative **tú** command forms are the same as **tú** forms of the present subjunctive. The speaker will confirm your response. Repeat the correct response. Follow the model.
CD7-7

> **Modelo:**   ¿Abro la puerta?
> *No, no la abras.*

C. **¿Qué? and ¿cuál? used with *ser*** Respond to each statement you hear by using **qué** or **cuál** to formulate the question that would elicit the statement as an answer. The speaker will confirm your response. Repeat the correct response. Follow the model.

CD7-8

> **Modelo:** Mi dirección es calle Libertad, número 120.
> *¿Cuál es su dirección?*

D. **The present subjunctive to express indefiniteness and nonexistence I** Answer the following questions, using the present subjunctive and the cues provided. The speaker will confirm your response. Repeat the correct response. Follow the model.

CD7-9

> **Modelo:** ¿Qué necesita? (casa / ser cómoda)
> *Necesito una casa que sea cómoda.*

1. (casa / tener garaje)
2. (secretaria / hablar español)
3. (empleado / saber francés)
4. (empleo / pagar bien)
5. (a alguien / poder trabajar los sábados)
6. (alquilar apartamento / ser grande)
7. (coche / no costar mucho)
8. (apartamento / estar amueblado)

E. **The present subjunctive to express indefiniteness and nonexistence II** Answer the following questions, using the present indicative and the cues provided. The speaker will confirm your response. Repeat the correct response. Follow the model.

CD7-10

> **Modelo:** ¿No hay nadie que sepa hablar inglés? (chica)
> *Sí, hay una chica que sabe hablarlo.*

1. (alguien)
2. (tres muchachos)
3. (muchas personas)
4. (una empleada)
5. (una chica)

MÁS PRÁCTICA

A. **Dibujos** You will hear three statements about each drawing. Choose the letter of the statement that best corresponds to the drawing. The speaker will verify your response.

CD7-11

1.

a b c

2.

a b c

3.
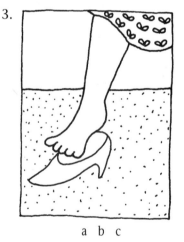
a b c

4.

a b c

5.

RITA

a b c

🔊 **B. Unos diálogos breves**   Before listening to the dialogues in this section, study the comprehension
CD7-12 questions below. Reviewing the questions ahead of time will help you to remember key information
as you listen. Then, listen carefully to the dialogues and answer each question, omitting the subject.
The speaker will confirm your response. Repeat the correct answer.

1. ¿Cuándo es la fiesta de Carmen?
2. ¿Por qué no va a poder ir Alicia a la fiesta?
3. ¿Qué hay en la tienda La Francia?
4. ¿Por qué no puede ir de compras Alicia?
5. ¿Qué puede prestarle Marta a Alicia?
6. ¿Qué talla usan Marta y Alicia?
7. ¿Qué desea el señor?
8. ¿Qué talla usa?
9. ¿Cómo le queda el traje?
10. ¿Qué más va a probarse el señor?
11. ¿Dónde está el probador?
12. ¿Qué más necesita el señor?
13. ¿Qué quiere probarse la señorita?
14. ¿Qué número calza ella?
15. ¿Le quedan bien los zapatos?
16. ¿Tienen zapatos más grandes?
17. ¿Tienen una rebaja en la zapatería hoy?
18. ¿La señorita quiere comprar algo más?

🔊 **C. Para contestar**   Answer the questions you hear, using the cues provided. The speaker will
CD7-13 confirm your answers. Repeat the correct answer.

1. (oficina)
2. (tres horas)
3. (sí)
4. (no)
5. (mediana)
6. (departamento de ropa para damas)
7. (de algodón)
8. (de cuadros)
9. (un reloj)
10. (un collar y un par de aretes)

🔊 **D. Tome nota**   You will hear a conversation in which Eva and José discuss their plans to go
CD7-14   shopping. First, listen carefully for general comprehension. Then, as you listen for the second
time, fill in each person's shopping list.

La lista de Eva	La lista de José
1. _____	1. _____
_____	_____
2. _____	2. _____
_____	_____
3. _____	3. _____
_____	_____
4. _____	4. _____
_____	_____
5. _____	5. _____
_____	_____

🔊 **E. Dictado**   The speaker will read six sentences. Each sentence will be read twice. After the first
CD7-15   reading, write what you heard. After the second reading, check your work and fill in what
you missed.

1. _____

2. _____

3. _____

4. _____

5. _____

6. _____

LECCIÓN 14
Workbook Activities

ESTRUCTURAS

A. Conjunctions that are always followed by the subjunctive Nora is trying to do many things. Say what they are by completing the following sentences with the verbs given in parentheses.

1. Voy a ayudar a Eva para que (ella) _____ (poder) terminar su informe.

2. No puedo ir a la biblioteca a menos que Uds. _____ (llevarme) ni tampoco puedo

   matricularme sin que papá _____ (darme) el dinero.

3. Voy a limpiar el apartamento en caso de que mis compañeros _____ (venir) a visitarme

   y voy a preparar una ensalada de pollo para que ellos _____ (poder) comer algo cuando

   lleguen. Quiero hacer todo esto antes de que mi compañera de cuarto _____ (venir) de
   la universidad.

4. Quiero llamar a Ernesto para que me _____ (traer) los libros, pero no puedo hacerlo a

   menos que tú _____ (darme) el número de su celular.

5. Yo voy a tomar física con tal de que tú la _____ (tomar) también.

B. Conjunctions that are followed by the subjunctive or indicative Some students are talking about their plans and daily activities. Complete these exchanges, using the present subjunctive or the present indicative.

1. —¿Qué vas a hacer tú en cuanto _____ (graduarte)?

   —Voy a tratar de conseguir un puesto. Y tú, ¿qué vas a hacer el próximo semestre?

   —No puedo tomar una decisión hasta que (ellos) me _____ (decir) si me van a dar la
   beca o no.

2. —¿Qué van a hacer Uds. cuando _____ (llegar) a su casa?

   —Vamos a cenar. Nosotros siempre cenamos en cuanto _____ (llegar) porque tenemos
   hambre. ¿Qué vas a hacer tú?

   —Voy a estudiar. Yo nunca puedo cenar hasta que mi padre _____ (volver) de la
   oficina.

3. —Mis padres siempre se enojan cuando yo _____ (olvidarme) de llamarlos.

    —Pues llámalos tan pronto como (nosotros) _____ (conseguir) un teléfono.

4. —Cuando tú _____ (ver) a Rogelio, dile que se matricule para el próximo semestre.

    —ÉI siempre se matricula tan pronto como sus padres le _____ (mandar) el dinero.

C. Forms of the past participle   Complete the following chart, providing past participles.

Participios pasados	
Español	**Inglés**
1. hablado	
2.	*used*
3. aprendido	
4.	*written*
5. recibido	
6.	*died*
7. comparado	
8.	*returned*
9. insistido	
10.	*seen*
11. propuesto	
12.	*broken*
13. terminado	
14.	*done*
15. matriculado	
16.	*said*
17. entregado	
18.	*opened*
19. mantenido	
20.	*put*
21. sido	
22.	*covered*

D. Past participles used as adjectives Complete each sentence so that it describes the corresponding illustration.

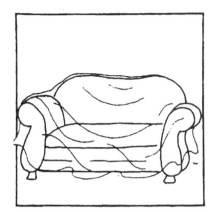

1. El sofá está _____

   _____.

2. Los niños _____

   _____.

3. La _____

   _____.

4. Los _____

   _____.

5. La carta _____

   _____.

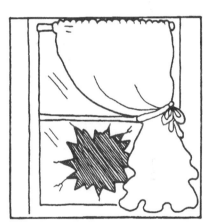

6. La _____

   _____.

7. Los hombres[1] _____

   _____.

8. La mujer _____

   _____.

9. El baño _____

   _____.

_____

[1]*Hint:* parado(a): *standing*

LECCIÓN 14 Workbook Activities **213**

E. The present perfect Mariana's parents have been away. Tell them what has happened during their absence, using the present perfect of the verbs given.

1. Rosalía / graduarse

_____

2. Carlos y Amalia / decidir mudarse

_____

3. Graciela / no hacer nada

_____

4. yo / escribir un informe

_____

5. Ernesto / volver de su viaje a Argentina

_____

6. Gerardo / romper con su novia

_____

7. Ada y yo / ver varios apartamentos

_____

8. Olga y Luis / hablar con su consejero

_____

9. Gustavo / leer dos novelas

_____

10. el Sr. Paz / abrir un restaurante

_____

F. The past perfect You and I and some of our friends traveled last summer, and we did things that we had never done before. Use the past perfect to indicate what everybody had never done, according to the information provided. Follow the model.

Modelo: Los Suárez viajaron a Canadá.
Los Suárez nunca habían viajado a Canadá.

1. Yo hice un crucero.

_____

2. Fernando y Esperanza fueron a México.

_____

3. Tú viste las pirámides de Egipto.

_____

4. Amalia y yo comimos comida griega (*Greek*).

_____

5. Alberto escaló (*climbed*) montañas.

_____

6. Tú y Elba viajaron por el Nilo.

_____

7. Claudia se hospedó en un castillo (*castle*).

_____

8. Mirta y Susana estuvieron en Buenos Aires.

_____

MÁS PRÁCTICA

A. Minidiálogos   Complete the following, using vocabulary from Lesson 14.

1. —¿Ya has decidido cuál va a ser tu _____?

   —No, primero voy a tomar varios _____: física, biología y química.

   —¿Qué _____ te gustan más?

   —Me gustan la _____ de empresas y la educación _____.

   —Bueno, esta solo te va a servir para _____ en forma.

2. —¿A dónde tienes que ir hoy?

   —Tengo que ir al _____ para hacerme un chequeo.

   —¿A dónde vas a ir después?

   —A la universidad. Me tengo que _____ antes de que empiecen las clases.

   —Yo voy a ir al _____. Tengo que hacer ejercicio.

3. —¿Tu amiga Sandra es norteamericana?

   —Sí, pero es de _____ española.

   —Ah, quizás por eso habla tan bien el español.

4. —¿Tuviste un examen ayer? ¿Sacaste buena _____?

—No, creo que _____ suspendido. No estudié mucho, así que no creo que pueda

_____ el examen.

5. —¿Cuánto pagas tú por la _____ en la universidad?

—Yo no pago nada, porque tengo una _____.

—¿Qué _____ tienes que tener para mantenerla?

—Una B más.

6. —¿Quién es tu _____ favorito?

—Hemingway. Estoy haciendo un trabajo de _____ sobre sus novelas.

—¿Cuándo se lo tienes que _____ al profesor?

—La semana que viene.

7. —¿Qué _____ va a estudiar Raúl?

—No sé. Su padre _____ en que sea médico, pero él prefiere estudiar periodismo.

8. —¿Ya hablaste con tu _____ para planear tu programa de estudios?

—Sí, hablé con él ayer, y me dijo que a _____ que tome cinco clases no voy a poder terminar este año.

9. —¿Cuándo terminas tus estudios?

—Me _____ el próximo año. Y no veo la _____ de acabar.

—¿Qué _____ vas a recibir?

—El de abogado.

B. ¿Qué dice Ud.? You find yourself in the following situations. What do you say?

1. You ask a friend if he / she has taken all the requirements.

_____

2. You ask your roommate what you have to tell the plumber when he comes this afternoon.

_____

3. You tell your roommate to leave the door open so the electrician can come in.

    _____

4. You ask a classmate whether he /she has decided what his / her major is going to be.

    _____

5. You tell your friend that you are going to study for your physics class in case your professor gives a test tomorrow. Add that you don't want to fail.

    _____

    _____

6. Ask a classmate if he / she had taken accounting and business administration before he / she came to this college.

    _____

    _____

7. You tell someone that you are going to study as soon as you get home because you want to pass the Spanish test.

    _____

    _____

8. You tell a friend that you are going to lend him money so he can pay (the) tuition.

    _____

    _____

C. ¿Qué pasa aquí? Look at the illustration and answer the following questions.

1. ¿Qué nota teme recibir Andrés en el examen de química?

   _____

2. ¿Cree Julio que Andrés va a quedar suspendido?

   _____

3. ¿Qué espera el papá de Julia que estudie su hija?

   _____

4. ¿Qué quiere estudiar Julia?

   _____

5. ¿Qué cree el papá de Lola que va a pasar en el año 2015?

   _____

6. ¿Qué va a hacer Lola cuando termine el semestre?

   _____

7. ¿Qué nota cree Jorge que él va a sacar en matemáticas?

_____

8. ¿Cree Ud. que a Jorge le gusta la literatura?

_____

9. ¿Cree Ud. que Jorge estudia mucho para su clase de literatura?

_____

10. ¿Qué promedio tiene que mantener Adela para que le den la beca?

_____

11. ¿Qué cree Ud. que va a hacer Adela para que le den la beca?

_____

EL MUNDO HISPÁNICO Y TÚ

Complete the following chart.

Argentina
1. Capital: _____
2. Famoso barrio de la capital: _____
3. Música argentina más popular: _____
4. Teatro de fama internacional: _____
5. Una de las avenidas más anchas del mundo: _____
6. Calle donde están algunas de las tiendas más elegantes de la capital: _____
7. Porciento de argentinos que sabe leer y escribir: _____.
8. Universidad argentina que tiene unos 300,000 estudiantes: _____

LECCIÓN 14
Laboratory Activities

SITUACIONES

🔊 **¿Qué carrera me interesa . . .?**   Listen to the dialogues twice, paying close attention to the
CD7-16   speakers' intonation and pronunciation patterns. First, listen to the entire dialogue; then, as you
listen for a second time, pause the recording after each sentence and repeat after the speaker.

🔊 **A. Preguntas y respuestas**   You will now hear questions about the dialogues. Answer each one,
CD7-17   omitting the subject. The speaker will confirm your response. Repeat the correct response.

🔊 **B. ¿Qué dice Ud.?**   The speaker will present several situations based on the dialogue. Respond
CD7-18   appropriately in Spanish to each situation. The speaker will confirm your response. Repeat the
correct response. Follow the model.

> **Modelo:** You ask a classmate what subjects he / she has taken.
> *¿Qué asignaturas has tomado?*

PRONUNCIACIÓN

🔊 When you hear the number, read the corresponding sentence aloud. Then, listen to the speaker
D7-19 and repeat the sentences.

1. Elizabeth Ugarte es una muchacha de ascendencia española.
2. No he decidido cuál va a ser mi especialización.
3. Voy a tomar una decisión cuando vuelva.
4. Están sentados en el comedor, hablando durante el almuerzo.
5. Lo único que tienes que hacer es llamarla.
6. Después tengo que estudiar para mi clase de sociología.

ESTRUCTURAS

🔊 **A. Conjunctions that are followed by the subjunctive or indicative**   Rephrase each
CD7-20   statement you hear, using the cue provided. The speaker will confirm your response. Repeat the
correct response. Follow the model.

> **Modelo:** Me escribió cuando llegó. (Me va a escribir)
> *Me va a escribir cuando llegue.*

1. (Me voy a matricular)
2. (Va a terminar)
3. (Van a esperar)
4. (Voy a salir)

◀))) **B. Conjunctions that are always followed by the subjunctive** Answer the following
CD7-21 questions in the affirmative, using the cues provided. The speaker will confirm your response.
Repeat the correct response. Follow the model.

> **Modelo:** ¿Me vas a llevar a la playa? (no llover)
> *Sí, te voy a llevar con tal que no llueva.*

1. (tener tiempo)
2. (tú / darme dinero)

Now, answer the questions in the negative, using the cues provided. Follow the model.

> **Modelo:** ¿Van a escribir Uds. el informe? (Uds. / traernos los libros)
> *No podemos escribirlo sin que Uds. nos traigan los libros.*

3. (Uds. / darnos el número)
4. (Uds. / prestarnos el coche)

Now, answer the following questions, using the cues provided. Follow the model.

> **Modelo:** ¿Piensas ir al laboratorio? (tener que trabajar)
> *Pienso ir a menos que tenga que trabajar.*

5. (hacer frío)
6. (ser muy difícil)

◀))) **C. The past participle** You will hear a series of verbs in the infinitive. Give the past participle of
CD7-22 each verb. The speaker will confirm your response. Repeat the correct response. Follow the model.

> **Modelo:** hablar
> *hablado*

◀))) **D. Past participles used as adjectives** Answer each question you hear by saying that the action
CD7-23 described has already been completed. The speaker will confirm your response. Repeat the correct
response. Follow the model.

> **Modelo:** ¿No van a abrir los libros?
> *Están abiertos.*

◀))) **E. The present perfect** Change the verb in each sentence you hear to the present perfect tense.
CD7-24 The speaker will confirm your response. Repeat the correct response. Follow the model.

> **Modelo:** Yo hablo con mi consejero.
> *Yo he hablado con mi consejero.*

◀))) **F. The past perfect (pluperfect)** Change the verb in each sentence you hear to the past perfect
CD7-25 tense. The speaker will confirm your response. Repeat the correct response. Follow the model.

> **Modelo:** Ella no se fue.
> *Ella no se había ido.*

MÁS PRÁCTICA

🔊 **A. Dibujos** You will hear three statements about each drawing. Choose the letter of the statement
CD7-26   that best corresponds to the drawing. The speaker will verify your response.

1.

a b c

2.

a b c

3.

a b c

4.

a b c

5.

a b c

🔊 **B. Unos diálogos breves** Before listening to the dialogues in this section, study the comprehension
CD7-27   questions below. Reviewing the questions ahead of time will help you to remember key information
as you listen. Then, listen carefully to the dialogues and answer each question, omitting the subject.
The speaker will confirm your response. Repeat the correct answer.

1. ¿Con quién habló Susana?
2. ¿Cuándo habló con él?
3. ¿Qué quiere el consejero que tome?
4. ¿Qué clases va a tomar Susana?
5. ¿Qué le gusta ser a Susana?
6. ¿Dónde estudia Carlos?
7. ¿Qué quería ser el papá de Anita cuando era chico?
8. ¿El papá de Anita pudo ser abogado?
9. ¿Cuándo decidió ser profesor de francés?
10. ¿Cuándo fue a París?

11. ¿Dónde había estudiado francés antes?
12. ¿Qué otra asignatura le gustaba cuando estaba en la escuela secundaria?
13. ¿Qué quería escribir cuando estaba en la escuela secundaria?
14. ¿Cuándo piensa escribir un libro?

🔊 **C. Para contestar** Answer the questions you hear, using the cues provided. The speaker will
CD7-28 confirm your answers. Repeat the correct answer.

1. (2010)
2. (no)
3. (el español)
4. (sí)
5. (no, nunca)
6. (cinco)
7. (sí)
8. (sí)
9. (sí)
10. (ir de vacaciones)

🔊 **D. Tome nota** You will hear a conversation between a student and her academic advisor. First,
CD7-29 listen carefully for general comprehension. Then, as you listen for a second time, fill in the
student's name and class schedule.

Horario de clases				**Sr.** **Sra.** _____ **Srta.**		
Hora	*lunes*	*martes*	*miércoles*	*jueves*	*viernes*	*sábado*
8:00						
9:00						
10:00						
11:00						
12:00						
1:00						
2:00						
3:00						
4:00						
5:00						

🔊 **E. Dictado**   The speaker will read six sentences. Each sentence will be read twice. After the first
7-30   reading, write what you heard. After the second reading, check your work and fill in what you
missed.

1. _____

2. _____

3. _____

4. _____

5. _____

6. _____

Hasta ahora... Una prueba

Let's combine the structure and the vocabulary from **Lecciones 13** and **14**. How much can you remember?

A. Complete the following exchanges, using the present indicative or the present subjunctive of the verbs given.

1. —¿Qué buscas?

    —Busco una bolsa que _____ (hacer) juego con mis zapatos.

    —Yo tengo una que _____ (hacer) juego con esos zapatos. Te la puedo prestar.

2. —¿Hay alguna tienda por aquí cerca que _____ (vender) artículos de cuero?

    —No, no hay ninguna tienda por aquí cerca, pero en el centro comercial hay dos tiendas que

    los _____ (vender).

3. —¿Qué vas a hacer cuando _____ (llegar) a tu casa?

    —Tan pronto como _____ (llegar) voy a empezar a estudiar, y después voy a cenar. ¿Y tú?

    —Yo siempre empiezo a estudiar en cuanto _____ (llegar), pero nunca ceno hasta

    que _____ (venir) mis padres.

4. —¿Vas a ir hoy al gimnasio?

    —¡Sí, con tal que mis hijos _____ (ir) conmigo!

    —En caso de que ellos no _____ (querer) ir, yo puedo acompañarte (*go with you*).

5. —¿Te vas a matricular mañana?

    —No, no puedo hacerlo sin que mis padres _____ (mandarme) dinero.

    —Yo puedo prestártelo hasta que tú lo _____ (recibir).

6. —¿Vas a hablar hoy con tu consejero?

    —Sí, voy a hablar con él en cuanto lo _____ (ver).

    —¿Qué le vas a decir cuando _____ (hablar) con él?

    —Que necesito que me dé el horario antes de que _____ (empezar) las clases.

B. Complete the following exchanges, using the Spanish equivalent of the words in parentheses.

1. —¿Tú sabes si la biblioteca _____ los domingos? (*is open*)

    —No, los domingos _____. (*is closed*)

2. —¿La tarjeta que recibiste _____ en inglés o en español? (*was written*)

    — _____ en inglés. (*was written*)

3. —Eva, ¿ _____ a Raúl? (*have you seen*)

—No, no _____ esta semana. Sus amigos _____ que está de vacaciones.
(*I haven't seen him / have told me*)

4. —¿Tú _____ en Chile antes? (*had been*)

—Sí, yo _____ allí dos veces. (*had been*)

5. —Mamá, ¿me llamaste?

—Sí, Paquito, _____ aquí, _____ un favor _____ los libros en la mesa.
(*come / do me / put*)

—¿Después puedo ir al jardín?

—Sí, pero antes _____ a casa de Marta y _____ que venga a las cinco.
(*go / tell her*)

6. —Marisol, ¿ _____ el número de teléfono de Mario? (*what is*)

—No sé el número de teléfono, pero sé _____ su dirección. (*what is*)

7. —Ernesto, ¿tú sabes _____ el mate? (*what is*)

—Sí, es una bebida que se bebe en Argentina, Uruguay y Paraguay.

C. Arrange the following vocabulary in groups of three, according to categories.

liquidación	botas	almacén	librería	grande
electricista	biología	hermoso	de rayas	nota
arquitecto	precioso	aretes	algodón	plomero
centro comercial	rebaja	collar	pequeño	zapatos
quedar suspendido	ingeniero	leer	vestido	anillo
carpintero	química	seda	ganga	física
de lunares	tienda	angosto	calzar	falda
de cuadros	blusa	mediano	rayón	libro
promedio	abogado	ancho	estrecho	bonito

1. _____   _____   _____

2. _____   _____   _____

3. _____   _____   _____

4. _____   _____   _____

5. _____   _____   _____

6. _____   _____   _____

7. _____   _____   _____

8. _____   _____   _____

9. _____ _____ _____

10. _____ _____ _____

11. _____ _____ _____

12. _____ _____ _____

13. _____ _____ _____

14. _____ _____ _____

15. _____ _____ _____

D. Write the questions that originated the following answers.

1. —_____

   —Elsa quiere comprar un vestido que haga juego con sus sandalias.

2. —_____

   —Mi apellido es Vargas.

3. —_____

   —No, en esta tienda no hay nada que me guste.

4. —_____

   —La seda es un tipo de tela.

5. —_____

   —No, no conozco a nadie que hable portugués.

6. —_____

   —Te doy el dinero para que pagues la matrícula.

7. —_____

   —Sí, voy a esperar a Rosa hasta que llegue.

8. —_____

   —Sí, la agencia de viajes está abierta hoy.

9. —_____

   —No, yo nunca había estado en Madrid.

10. —_____

    —No, nosotros no hemos terminado el trabajo.

Un paso más

C U R S O S   D E   V E R A N O
UNIVERSIDAD CENTRAL

Ofrecemos clases en las siguientes materias:

Periodismo	Física
Biología	Sociología
Idiomas	Química

Matrícula abierta
de lunes a jueves,
de 8:00 a 12:00 y de
2:00 a 5:00

**Tenemos becas
disponibles para
estudiantes con un
promedio de "B" o
más.**

Nota: Para poder graduarse necesita haber aprobado todas las asignaturas correspondientes a su carrera en cursos regulares y haber llenado todos los requisitos.

Para más información visite nuestras oficinas en avenida 9 de Julio No. 564, o llame a nuestros teléfonos 4381-6758 y 4381-9742

A. Read the ad above, and then answer the questions that follow.

1. ¿Cómo se llama la universidad?

   _____

2. ¿Dónde tiene sus oficinas?

   _____

3. ¿En qué estación del año se ofrecen las clases?

   _____

4. ¿Cuándo está abierta la matrícula?

   _____

5. ¿A qué hora puedo ir a matricularme?

_____

6. ¿Puedo ir los sábados?

_____

7. ¿Qué materias de ciencias puedo tomar?

_____

8. ¿Qué otros cursos se ofrecen?

_____

9. ¿Qué promedio necesito tener para solicitar una beca?

_____

10. Para graduarme, ¿puedo haber quedado suspendido en alguno de mis cursos regulares?

_____

B. You are going on a vacation trip, and you will be at a very elegant beach resort for a week. Make a list of all the clothes that you will need to take with you. When you choose your clothes, keep in mind the activities that you plan to do during your vacation. Explain why you are taking the different types of clothes.

LECCIÓN 15
Workbook Activities

ESTRUCTURAS

A. The future I Complete the chart with the corresponding forms of the future tense.

Infinitive	yo	tú	Ud., él, ella	nosotros(as)	Uds., ellos, ellas
1. sacar					
2. decir	diré				
3. hacer		harás			
4. querer			querrá		
5. saber				sabremos	
6. poder					podrán
7. caber	cabré				
8. poner		pondrás			
9. venir			vendrá		
10. tener				tendremos	
11. salir					saldrán
12. valer	valdré				
13. ir		irás			
14. ser			será		

B. The future II What will these people do? Answer the questions, using the cues provided and substituting direct objects for direct object pronouns when appropriate. Follow the model.

> **Modelo:** ¿Cuándo visitarán ustedes a la Sra. Fuentes? (el viernes)
> *La visitaremos el viernes.*

1. ¿Cuándo hablarás tú con el médico? (mañana)

   _____

2. ¿Cuándo irán ustedes al consultorio del doctor Mena? (la semana próxima)

   _____

3. ¿Cuándo sabrás tú el resultado del examen? (esta tarde)

   _____

4. ¿Cuándo podrá venir la enfermera? (esta noche)

   _____

5. ¿Dónde pondrás las aspirinas? (en tu cuarto)

   _____

6. ¿Con quién vendrás al hospital? (con David)

   _____

7. ¿Traerán Uds. los antibióticos? (sí)

   _____

8. ¿Qué tendremos que hacer él y yo? (comprar el remedio)

   _____

9. ¿Dónde pondrás la silla de ruedas? (en el coche)

   _____

10. ¿A qué hora saldrán ustedes mañana? (a las seis)

   _____

C. The conditional I You are giving information about what everyone, including yourself, intended to do. Follow the model.

> **Modelo:** ¿Qué dijo él? (venir)
> *Dijo que vendría.*

1. ¿Qué dijo usted? (ir a la sala de emergencia)

   _____

2. ¿Qué dijo Magali? (descansar mañana)

   _____

3. ¿Qué dijeron ustedes? (salir temprano)

_____

4. ¿Qué dije yo? (traerme un cafecito) (*Use* the **tú** *form.*)

_____

5. ¿Qué dijeron tus padres? (prestarme dinero)

_____

6. ¿Qué dijo la enfermera? (ponerle una inyección al niño)

_____

7. ¿Qué dijimos Rafael y yo? (ir a Asunción)

_____

8. ¿Qué dijiste? (tener que llamar una ambulancia)

_____

9. ¿Qué dijeron ellos? (ustedes no saber el resultado del análisis)

_____

10. ¿Qué dijo el médico? (no poder vernos hoy)

_____

D. The conditional II   Complete the following sentences, using the conditional tense.

En un mundo perfecto,…

1. yo _____ (levantarse) más temprano y _____

   (acostarse) más tarde. _____ (Ir) a la biblioteca los sábados y

   _____ (estudiar) hasta las cinco. _____ (Salir) de mi

   casa a las siete y _____ (pasar) una hora en la biblioteca, estudiando.

2. mis padres _____ (trabajar) menos y _____ (divertirse)

   más. _____ (Tener) más tiempo libre y _____ (hacer)
   muchas cosas que siempre han querido hacer.

3. todos nosotros _____ (ahorrar) más dinero y _____
   (poder) comprar el coche que queremos.

4. tú _____ (mantener) un promedio de "A", _____

   (conseguir) una beca y _____ (graduarse) con honores.

E. The future perfect The following is what will have happened at our house by 11 o'clock. Complete each statement, using the future perfect of the verbs given.

1. Mi hermano y yo _____ (limpiar) el garaje.

2. Mi mamá _____ (ir) al hospital a visitar a mi tía.

3. Yo _____ (volver) de la oficina.

4. Los chicos _____ (hacer) la tarea (*homework*).

5. Tú _____ (hablar) con el médico.

6. Ustedes _____ (preparar) la cena.

7. Todos nosotros _____ (cenar).

8. Mis padres _____ (acostarse).

F. The conditional perfect I Complete the chart with the corresponding forms of the conditional perfect tense.

Sentence in English	Subject	Conditional of **haber**	Past participle
1. I would have gone.	Yo	habría	ido.
2. You would have walked.	Tú		
3. He would have come.			venido.
4. She would have worked.	Ella		
5. We would have finished.		habríamos	
6. I would have helped.			ayudado.
7. They would have had lunch.			almorzado.
8. I would have danced.		habría	
9. You would have called.	Tú		
10. He would have written.		habría	
11. She would have driven.	Ella		
12. We would have eaten.		habríamos	
13. They would have returned.			vuelto.

G. The conditional perfect II   Complete the following sentences to say what everyone would have done before graduating from college, using the conditional perfect tense.

Antes de graduarnos,…

1. yo _____ (tomar) los requisitos antes (*sooner*).

2. tú _____ (solicitar) una beca.

3. mi hermano _____ (jugar) al fútbol americano.

4. mi hermana _____ (aprender) otros idiomas.

5. mi compañera de cuarto _____ (estudiar) más.

6. mi novio y yo _____ (ir) a todos los partidos.

7. Uds. _____ (gastar) menos dinero.

8. yo _____ (mantener) un promedio de "A".

H. Review of the tenses of the indicative   Complete the following dialogues, using the verbs given in parentheses and the tenses indicated.

1. *Presente*

    —¿Dónde _____ (estar) mi libro? No lo _____ (encontrar).

    —Yo no _____ (saber). Tú nunca lo _____ (poner) en tu escritorio.

    —¿Tú _____ (poder) prestarme el tuyo?

    —No, no lo _____ (tener) aquí.

2. *Pretérito*

    —¿Tú _____ (ir) al cine anoche?

    —No, no _____ (poder) ir porque _____ (tener) que

    estudiar. ¿Qué _____ (hacer) tú?

    —Yo _____ (trabajar) hasta las nueve y _____ (volver) a casa a las diez.

3. *Imperfecto*

—¿Uds. _____ (ir) a todos los partidos de fútbol cuando _____ (estar) en la universidad?

—Sí, _____ (ser) fanáticos de los deportes (*sports*). También _____ (ver) todos los partidos en la televisión, ¿y tú?

—Yo _____ (preferir) ir a fiestas.

4. *Futuro*

—¿Qué _____ (hacer) tú mañana? ¿_____ (Ir) al club?

—No, no _____ (poder) ir porque _____ (tener) que estudiar para el examen parcial.

5. *Condicional*

—Voy a tomar química.

—Yo no la _____ (tomar) este semestre. _____ (Esperar) hasta el próximo semestre.

—En ese caso _____ (tener) que tomar biología y eso _____ (ser) más difícil.

6. *Pretérito perfecto*

—¿Dónde _____ (estar) tú hoy?

—_____ (Estar) en la universidad, hablando con unos jóvenes que

_____ (venir) de Cuba. ¿Y qué _____ (hacer) Uds.?

—No _____ (hacer) nada.

7. *Pluscuamperfecto*

—Cuando tú llegaste a casa, ¿ya _____ (venir) los carpinteros?

—No, porque Olga no los _____ (llamar).

8. *Futuro perfecto*

—Yo ya _____ (graduarme) para el año 2015. Y Uds., ¿_____ (terminar) su carrera?

—Sí, y _____ (empezar) a trabajar.

9. *Condicional perfecto*

—De haber sabido que esta asignatura era tan difícil, yo no la _____ (tomar).

—Eva y yo no la _____ (tomar) tampoco.

—¿Qué _____ (hacer) Uds.?

—_____ (tomar) literatura.

MÁS PRÁCTICA

A. Las partes del cuerpo Write the parts of the body that correspond to the numbers in the illustrations.

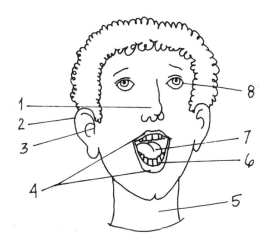
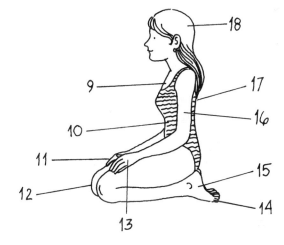

1. _____

2. _____

3. _____

4. _____

5. _____

6. _____

7. _____

8. _____

9. _____

10. _____

11. _____

12. _____

13. _____

14. _____

15. _____

16. _____

17. _____

18. _____

B. Minidiálogos   Complete the following, using vocabulary from Lesson 15.

1. —Rosa es _____. Siempre cree que está enferma. En realidad,

    tiene muy buena _____.

    —Sí, pero ahora dice que tiene gripe; o peor... ¡_____!

    Dice que le _____ la garganta y que tiene una _____

    de 102 _____.

    —Yo a veces pierdo la _____ con ella...

2. —¿Sandra está enferma? ¡Qué _____! No podrá ir a la playa con nosotros.

    —¡_____ mal que no es nada serio! Pronto estará bien. ¡Ya _____!

    —Ojalá! Bueno, estaremos en tu casa a _____ de las ocho.

3. —No me siento bien pero, en _____ de ir al médico, voy a tomar algún

    _____ casero.

    —¿Por qué no vas al médico? El Dr. Vera está en su _____. Él te puede

    _____ un antibiótico.

    —¿Me puedes _____ la frente para ver si tengo _____?

    —No, voy a usar un _____ para tomarte la temperatura.

4. —Suena el _____. Abre la puerta, por favor.

    —(*Abre la puerta.*) ¡Marisol! ¡Qué _____ de verte! De _____

    sabido que venías, habría preparado algo para _____.

    —No, gracias. ¡No te _____! Bueno... quizás un cafecito bien

    _____.

5. —¿Tú puedes _____ a los niños por una hora? Quiero mirar mi telenovela

    en _____.

    —No tengo tiempo. ¿Por qué no le _____ a Nora si ella puede jugar con ellos?

6. —Elena es una _____ muy bonita, ¿verdad?

    —Sí, pero tiene muchos _____: Es impaciente, sarcástica y terca.

    —Bueno... yo _____ que no es perfecta, pero... es muy amable. Siempre me

    _____ cuando me ve...

C. ¿Qué dice Ud.? You find yourself in the following situations. What do you say?

1. You mention that you would lose your patience with Marcela, because she is a hypochondriac.

   _____

   _____

2. You tell a friend that you think you have a cold, or the flu, or pneumonia. Add that you have a sore throat and you have a cough.

   _____

   _____

3. Tell a sick friend that you will have to take his temperature. Add that you think he should call his doctor.

   _____

   _____

4. You ask a friend if she wants you to make her a cup a tea with honey.

   _____

   _____

5. At the doctor's, you tell him that you feel a little weak and that you think you have a fever.

   _____

   _____

6. Two of your friends are sick. Tell them that, had you known that they were sick, you would have taken them to the doctor.

   _____

   _____

7. Ask your friend if she will have gone to bed by 11 P.M.

   _____

   _____

8. You mention that it's a good thing that Sara came, because she will be able to entertain the children.

   _____

   _____

D. ¿Qué pasa aquí?   Look at the illustration and answer the following questions.

1. ¿Qué le duele a Alberto?

   _____

2. ¿Cuántas aspirinas tomó?

   _____

3. ¿Se siente mejor ahora?

   _____

4. ¿Qué le pasó a Rita? (Hint: cortarse = *to cut oneself*)

   _____

5. ¿Qué le van a tener que poner a Rita?

   _____

6. ¿Cuándo fue la última vez que le pusieron una inyección antitetánica?

   _____

7. ¿Trajeron a Luis en un coche o en una ambulancia?

_____

8. ¿Adónde lo llevan?

_____

9. ¿Se siente bien Isabel?

_____

10. ¿Está embarazada Isabel?

_____

11. ¿A qué medicina es alérgica Rosa?

_____

VAMOS A LEER

Del diario de Ana Luisa

Jueves, 15 de febrero

Querido diario:

¡Ayer fue un desastre! Cuando me levanté no me sentía bien y me dolía la garganta. Llamé al Dr. Medina, pero él no estaba. Tuve que ir a ver a otro médico. Llegué a su consultorio a eso de las nueve y estuve allí hasta las once. Me recetó un antibiótico y me dijo que tenía gripe y que tenía que descansar. No pude ir a mi clase de química y el profesor dio un examen.

Anoche fue la fiesta de Juliana y yo no pude ir. Mamá me hizo té con miel de abeja y me acosté. A las nueve, Juliana me llamó para decirme que Carlos estaba en la fiesta con Marisol. De haber sabido que él iba a ir con ella, habría ido a la fiesta.

Bueno… creo que lo que tengo es contagioso porque tengo una temperatura de 39 grados.

Mañana tendré que llamar a Carlos y decirle que estoy enferma. Además, lo voy a invitar a ir a la discoteca con todos nuestros amigos porque para entonces ya me habré curado. Yo creo que a él le gustaría ir a bailar. ¡Pero no pienso decirle nada a Marisol!

Bueno, espero sentirme mejor mañana. Voy a tomar dos aspirinas porque todavía me duele la cabeza. ¡Hasta mañana! ¡El sábado estaré bailando con Carlos!

¡Conteste! Answer the following questions based on the reading.

1. ¿Ayer fue un buen día para Ana Luisa?

   _____

2. ¿Cómo se sentía cuando se levantó?

   _____

3. ¿Quién es el médico de Ana Luisa?

   _____

4. ¿Por qué tuvo que ver a otro médico?

   _____

5. ¿A qué hora llegó a su consultorio?

   _____

6. ¿Hasta qué hora estuvo allí?

   _____

7. ¿Qué le recetó el médico?

   _____

8. ¿Qué le dijo?

   _____

9. ¿Qué dio el profesor de química?

   _____

10. ¿A dónde no pudo ir Ana Luisa anoche?

    _____

11. ¿Qué tomó Ana Luisa antes de acostarse?

    _____

12. ¿Para qué llamó Juliana a Ana Luisa?

    _____

13. ¿Qué habría hecho Ana Luisa de haber sabido que Carlos iba a ir a la fiesta con Marisol?

    _____

14. ¿Por qué cree Ana Luisa que lo que tiene es contagioso?

    _____

15. ¿Para qué tendrá que llamar mañana a Carlos?

_____

16. ¿Por qué cree Ana Luisa que podrá ir a la discoteca el sábado?

_____

17. ¿Ana Luisa piensa invitar a Marisol?

_____

18. ¿Por qué va a tomar dos aspirinas Ana Luisa?

_____

EL MUNDO HISPÁNICO Y TÚ

Complete the following charts.

Paraguay

Los dos idiomas oficiales: _____

La mayor planta hidroeléctrica del mundo: _____

Un baile típico de Paraguay: _____

El instrumento nacional: _____

Bolivia

Las dos capitales de Bolivia: _____ y _____

Uno de los lagos navegables más altos del mundo: _____

Bolivia, al igual que Paraguay, no tiene _____.

Indios que constituyen más de la mitad de su población: _____

La alpaca pertenece a la familia de las _____.

Laboratory Activities

SITUACIONES

🔊 **CD8-2** **Síntomas** Listen to the dialogues twice, paying close attention to the speakers' intonation and pronunciation patterns. First, listen to the entire dialogue; then, as you listen for a second time, pause the recording after each sentence and repeat after the speaker.

🔊 **CD8-3** **A. Preguntas y respuestas** You will now hear questions about the dialogues. Answer each one, omitting the subject. The speaker will confirm your response. Repeat the correct response.

🔊 **CD8-4** **B. ¿Qué dice Ud.?** The speaker will present several situations based on the dialogue. Respond appropriately in Spanish to each situation. The speaker will confirm your response. Repeat the correct response. Follow the model.

> **Modelo:** You tell a friend that you don't feel well.
> *No me siento bien.*

PRONUNCIACIÓN

🔊 **CD8-5** When you hear the number, read the corresponding sentence aloud. Then listen to the speaker and repeat the sentence.

1. Tengo otros síntomas. Dolor de garganta y tos.
2. Tendré que tomarte la temperatura.
3. ¿Dónde está el termómetro?
4. ¿Quieres que te haga una taza de té con miel de abeja?
5. No habría invitado a tu amigo a cenar con nosotros.
6. Dijo que vendría a eso de las siete.

ESTRUCTURAS

🔊 **CD8-6** **A. The future** Answer each question in the affirmative, using the future tense. The speaker will confirm your response. Repeat the correct response. Follow the model.

> **Modelo:** ¿Tú vas a ir a Asunción?
> *Sí, iré a Asunción.*

🔊 **B. The conditional** You will hear some statements about what people are going to do. Using
CD8-7 the cues provided, say what others would do. The speaker will confirm your response. Repeat the
correct response. Follow the model.

      Modelo: Carlos va al hospital hoy. (yo / mañana)
                 Yo iría mañana.

1. nosotros / por la noche
2. ustedes / un libro
3. yo / en un restaurante
4. ella / mañana
5. tú / café

6. nosotros / a las diez
7. yo / el domingo
8. Nora / a las siete
9. él / en su cuarto
10. yo / más tarde

🔊 **C. The future perfect** Respond to the following questions, using the cues provided and the future
CD8-8 perfect tense. The speaker will confirm your response. Repeat the correct response. Follow the
model.

      Modelo: ¿Qué habrá hecho Jorge para las ocho? (cenar)
                 Para las ocho habrá cenado.

1. (empezar a trabajar)
2. (levantarme)
3. (terminar el trabajo)
4. (hablar con el médico)
5. (ir al hospital)

🔊 **D. The conditional perfect** Respond to each statement you hear, using the cue provided and
CD8-9 the conditional perfect tense. The speaker will confirm your response. Repeat the correct response.
Follow the model.

      Modelo: Luis no entendió nada. (tú)
                 Tú tampoco habrías entendido nada.

1. (yo)
2. (tú)
3. (ella)

4. (ustedes)
5. (usted)
6. (nosotros)

MÁS PRÁCTICA

🔊 **A. Dibujos**   You will hear three statements about each drawing. Choose the letter of the statement
CD8-10   that best corresponds to the drawing. The speaker will verify your response.

1.

a   b   c

2.

a   b   c

3.
a   b   c

4.

a   b   c

5.

a   b   c

🔊 **B. Unos diálogos breves**   Before listening to the dialogues in this section, study the comprehension
CD8-11   questions below. Reviewing the questions ahead of time will help you to remember key information
as you listen. Then, listen carefully to the dialogues and answer each question, omitting the subject.
The speaker will confirm your response. Repeat the correct answer.

1. ¿Qué hora era cuando Pablo llegó?
2. ¿Por qué no pudo venir más temprano?
3. ¿A qué hora se acostó Dora?
4. ¿Por qué se acostó tan temprano?
5. ¿Qué tomó?
6. ¿Cómo se siente ahora?
7. ¿Cuánto tiempo hace que la señora tiene dolor de estómago?
8. ¿Qué medicina toma cuando le duele mucho el estómago?
9. ¿Qué le va a dar el médico?
10. ¿Qué van a hacerle a la señora si no se siente mejor?
11. ¿Qué le pasó a Roberto?
12. ¿Adónde lo llevaron?

13. ¿Le hicieron radiografías de la pierna?
14. ¿Qué se cortó Roberto?
15. ¿Por qué no le pusieron una inyección antitetánica?
16. ¿Por qué va a tomar dos aspirinas?

🔊 **C. Para contestar**   Answer the questions you hear, using the cues provided. The speaker will
CD8-12   confirm your answers. Repeat the correct answer.

1. (no)
2. (al cine)
3. (aspirinas)
4. (sí)
5. (Nyquil)

6. (la semana próxima)
7. (Pepto Bismol)
8. (no)
9. (sí)
10. (sí)

🔊 **D. Tome nota**   You will hear a conversation between a doctor and a patient. First, listen carefully
CD8-13   for general comprehension. Then, as you listen for a second time, fill in the information requested.

Hoja Clínica

Nombre del paciente: _____

Síntomas: _____

_____

Medicinas que está tomando: _____

_____

Alergias: _____

_____

Radiografías de: _____

_____

Próxima visita: _____

_____

🔊 **E. Dictado**   The speaker will read six sentences. Each sentence will be read twice. After the first
CD8-14   reading, write what you heard. After the second reading, check your work and fill in what you
missed.

1. _____

2. _____

3. _____

4. _____

5. _____

6. _____

LECCIÓN 16
Workbook Activities

ESTRUCTURAS

A. The imperfect subjunctive: Forms Complete the following chart with the corresponding imperfect subjunctive forms.

Infinitive	yo	tú	Ud., él, ella	nosotros(as)	Uds., ellos, ellas
1. ganar	ganara	ganaras	ganara	ganáramos	ganaran
2. acampar			acampara		acamparan
3. cerrar		cerraras		cerráramos	
4. volver			volviera		volvieran
5. pedir					pidieran
6. conseguir	consiguiera				
7. tener			tuviera		
8. poder				pudiéramos	
9. hacer		hicieras			hicieran
10. venir	viniera		viniera		
11. traer				trajéramos	
12. poner		pusieras			
13. decir	dijera				dijeran
14. ser		fueras		fuéramos	
15. dar			diera		
16. querer		quisieras			
17. saber			supiera		

B. The imperfect subjunctive: Uses I Read these statements, which tell others what to do, express doubt, or express emotion. Then, rewrite each statement in the past tense, using the cue provided.

1. Quiero que tú vayas al estadio.

    Quería _____

2. Prefiero que compres las entradas hoy.

    Prefería _____

3. Te sugiero que llames a Rodolfo para que vaya contigo a acampar.

    Te sugerí _____

4. Dudo que nosotros podamos ir con Uds. a la playa.

    Dudaba _____

5. Es necesario que traigan las raquetas.

    Era _____

6. ¿Hay algún deporte que te guste?

    ¿Había _____

7. No creo que haya nadie que pueda armar la tienda de campaña.

    No creí _____

8. Necesitamos a alguien que sepa hacer un asado.

    Necesitábamos _____

9. Siento que ella no tenga el traje de baño aquí.

    Sentí _____

10. Te ruego que los llames y les digas que vengan a la cabaña.

    Te rogué _____

11. Me alegro de que no estés aburrida.

    Me alegré _____

12. Temo que Raúl no sea el campeón.

    Temía _____

C. The imperfect subjunctive: Uses II A very bossy aunt told everyone what to do and what not to do. Indicate this by writing sentences describing what she told everybody.

Modelo: a Roberto / traer la caña de pescar
A Roberto le dijo que trajera la caña de pescar.

1. a mí / no jugar al golf

   _____

2. a mi hermana / no ir a esquiar

   _____

3. a ti / hacer las camas

   _____

4. a nosotros / volver temprano

   _____

5. a Uds. / empezar a cocinar

   _____

6. a ella / no montar a caballo

   _____

7. a Ud. / servir el desayuno

   _____

8. a él / dejarla tranquila

   _____

9. a nosotros / entretener a los niños

   _____

10. a mí / hacerle una taza de té

   _____

D. Some uses of the prepositions *a*, *de*, and *en* These are exchanges heard at a gym. Complete them using **a, de,** or **en** as necessary.

1. —¿_____ qué hora van _____ ir Uds. _____ pescar?

   —Nosotros no pescamos. Compramos el pescado _____ la pescadería.

2. —¿Cómo es tu prima?

   —Es rubia _____ ojos azules. Es la más bonita _____ la familia.

   —¿_____ qué hora viene ella hoy?

   —Viene _____ la una _____ la tarde.

3. —¿Tú conoces _____ Elías?

   —Sí, él me va _____ enseñar _____ bucear.

4. —¿Cuándo vas a empezar _____ estudiar?

   —Cuando Rodolfo llegue _____ mi casa.

5. —¿Vas a Montevideo _____ avión?

   —No, _____ barco.

E. The present perfect subjunctive Ariel is busy writing three e-mails. Complete each one using the present perfect subjunctive.

1. Luis:

   Espero que tú _____ (divertirse) en Punta del Este y que _____ (ganar) el partido

   de tenis. Mi hermano todavía está conmigo. Temo que _____ (aburrirse) como una ostra porque yo tengo mucho trabajo.

2. Georgina:

   Me alegro de que tú y tus hermanas _____ (ir) a Río. Espero que _____

   (broncearse) en Ipanema y que _____ (tener) la oportunidad de hacer *surfing*.

3. Papá:

   No es verdad que Adolfo y yo _____ (pasar) todo el tiempo en el apartamento. Yo sé que

   mamá duda que yo lo _____ (llevar) a la playa, pero hemos ido tres veces.

MÁS PRÁCTICA

A. Minidiálogos   Complete the following, using vocabulary from Lesson 16.

1.   —¿Quieres _____ un picnic en la playa?

—Sí, y mañana podemos ir a acampar. Yo tengo dos tiendas de _____.

¿Te gustaría ir de _____?

—No, gracias. Yo me aburriría como una _____.

2.   —Yo no quería ir con ellos, pero mi papá me _____ a que fuera.

—¿No te gustan las actividades al aire _____?

—No, pero me gusta el fútbol. ¿Quieres ir al estadio? Yo puedo comprar las _____.

¡_____ a que gana nuestro equipo favorito!

3.   —¿Quieres ir a ver una obra _____?

—No... la última _____ que fui al teatro, no me gustó _____.

—¿Quieres _____ al golf mañana?

—No tengo _____ de golf.

—¿Te gusta _____ en patineta?

—No, prefiero mirar la tele...

4.   —¿Prefieres montar en _____ o a _____?

—Prefiero caminar... Oye, ¿quieres ir a hacer surfing?

—No tengo _____ de mar.

—¿Quieres ir a la playa?

—No tengo _____ de baño. ¿Tú quieres ir a cazar? Yo tengo dos _____.

—Prefiero jugar al tenis. ¿Tienes una _____?

—No... ¿por qué no nos quedamos en casa... ?

5. —¿Tus padres viven en el norte, en el _____, en el este o en el _____ de los Estados Unidos?

   —Viven en Canadá.

   —¿Son canadienses?

   —No, son _____, de Montevideo.

6. —¿Uds. viven en la ciudad?

   —No, vivimos en el _____, pero todos los años pasamos un mes en la playa.

   Allí _____ el sol y nos _____. Mi mejor amigo trabaja en la

   playa; es _____.

7. —¿Fueron a _____ el domingo pasado?

   —Sí, siempre vamos a la iglesia... Después fuimos a casa y comimos _____ y

   _____ mate.

8. —¿Fuiste a patinar?

   —Sí, y me _____ como diez veces. ¡Soy un desastre!

B. ¿Qué dice Ud.? You find yourself in the following situations. What do you say?

1. You ask whether there was someone who had a tent.

   _____

   _____

2. You mention that you wanted your dad to teach you how to ski and to skate when you were a child.

   _____

   _____

3. You are talking about your friend Carlos. Tell someone that he is in love, and that the girl is beautiful and is not proud at all.

   _____

   _____

4. Ask your friend if he / she wants to be a lifeguard. Add that he / she can sunbathe and get a tan.

   _____

   _____

5. Tell someone that you did the following activities last weekend. You went fishing, you went camping, and you had a picnic with your friends.

_____

_____

6. You tell your friends to have fun and add that, one of these days, you will go fishing with them.

_____

_____

C. ¿Qué pasa aquí?   Look at the illustration and answer the following questions.

1. ¿Cree Ud. que a estas personas les gustan las actividades al aire libre?

_____

2. ¿Fernando quiere montar en bicicleta?

_____

3. ¿Para qué va a necesitar Fernando una escopeta?

_____

4. ¿Qué están planeando Darío y Ana? ¿Quieren ir al mismo (*same*) lugar?

_____

5. ¿Qué no le gusta hacer a Ana?

_____

6. ¿Qué prefiere hacer?

_____

7. ¿Darío quiere ir a un hotel o prefiere acampar?

_____

8. ¿Qué van a necesitar Ana y Darío si piensan acampar?

_____

9. ¿Qué cree Ud. que le gusta a Jorge?

_____

10. ¿Cree Ud. que Jorge se va a divertir o que se va a aburrir durante sus vacaciones?

_____

11. ¿Ud. cree que Olga y Luis van a pasar sus vacaciones en Arizona o en Vermont?

_____

12. ¿Olga y Luis van a ir a un hotel?

_____

EL MUNDO HISPÁNICO Y TÚ

Complete the following charts.

Uruguay

La capital está sobre el océano _____.

Nombre oficial: _____

Punta del Este es una _____.

En Punta del Este se lleva a cabo el _____.

Debido a la tradición italiana, en Uruguay se come mucha pizza y _____.

El postre Martín Fierro es _____.

El mate, prácticamente, es _____.

Brasil

Capital: _____

Idioma: _____

Los dos países sudamericanos de habla hispana que no lindan con Brasil: _____

y _____

Brasil es uno de los miembros de _____.

Name _____ Section _____ Date _____

Laboratory Activities

SITUACIONES

CD8-15

¡Que se diviertan! Listen to the dialogues twice, paying close attention to the speakers' intonation and pronunciation patterns. First, listen to the entire dialogue; then, as you listen for a second time, pause the recording after each sentence and repeat after the speaker.

A. Preguntas y respuestas You will now hear questions about the dialogues. Answer each one, omitting the subject. The speaker will confirm your response. Repeat the correct response.
CD8-16

B. ¿Qué dice Ud.? The speaker will present several situations based on the dialogue. Respond appropriately in Spanish to each situation. The speaker will confirm your response. Repeat the correct response. Follow the model.
CD8-17

> **Modelo:** You ask a friend what his father told him to do.
> *¿Qué te dijo tu padre que hicieras?*

PRONUNCIACIÓN

D8-18

When you hear the number, read the corresponding sentence aloud. Then, listen to the speaker and repeat the sentence.

1. David es alto y atlético.
2. Por supuesto, quiero broncearme.
3. Mamá y yo nos aburriríamos como ostras.
4. Yo fui a pescar una vez… cuando estuve en Argentina.
5. Íbamos a nadar en un lago o en un río.
6. No había actividad al aire libre que no nos gustara.

ESTRUCTURAS

A. The imperfect subjunctive Change each statement you hear so that it describes the past, using the cue provided. The speaker will confirm your response. Repeat the correct response. Follow the model.
CD8-19

> **Modelo:** Yo quiero que tú vuelvas. (yo quería)
> *Yo quería que tú volvieras.*

1. (no creía)
2. (nos dijeron)
3. (no me gustaba)
4. (me alegré)
5. (te sugerí)

6. (dudaba)
7. (esperábamos)
8. (no había nadie)
9. (necesitaba)
10. (buscábamos)

◀))) B. Some uses of the prepositions _a, de,_ and _en_ Answer the following questions, using the cues
CD8-20   provided. Add the missing prepositions **a, de,** and **en,** accordingly. The speaker will confirm your
response. Repeat the correct response. Follow the model.

> **Modelo:**   ¿A qué hora vienen? (a las cinco de la tarde)
> _Vienen a las cinco de la tarde._

1. (no, avión)
2. (Montevideo)
3. (sí, de ojos verdes)
4. (mesa)

5. (bucear)
6. (no, jugar al fútbol)
7. (el campo de golf)
8. (deportes)

◀))) C. The present perfect subjunctive Negate each sentence you hear, using the expression
CD8-21   **No es verdad** and the present perfect subjunctive. The speaker will confirm your response.
Repeat the correct response. Follow the model.

> **Modelo:**   Ana ha perdido la raqueta.
> _No es verdad que Ana haya perdido la raqueta._

MÁS PRÁCTICA

◀))) A. Dibujos You will hear three statements about each drawing. Choose the letter of the statement
CD8-22   that best corresponds to the drawing. The speaker will verify your response.

1.

a b c

2.

a b c

3.

a b c

4.

a   b   c

5.

a   b   c

B. Unos diálogos breves   Before listening to the dialogues in this section, study the comprehension
CD8-23   questions below. Reviewing the questions ahead of time will help you to remember key information
as you listen. Then, listen carefully to the dialogues and answer each question, omitting the subject.
The speaker will confirm your response. Repeat the correct answer.

1.   ¿Qué va a hacer Ernesto este fin de semana?
2.   ¿Por qué no necesita la caña de pescar de Tito?
3.   ¿Por qué no puede ir Tito con Ernesto?
4.   ¿Adónde van a ir después?
5.   ¿Sara y Beatriz son buenas amigas?
6.   ¿Dónde se conocieron?
7.   ¿Sara va a ir con ellos al campo?
8.   ¿Por qué no puede Sara ir con ellos?
9.   ¿Qué cree Beatriz?
10.   ¿Qué dice Gustavo de Sara?

C. Para contestar   Answer the questions you hear, using the cues provided. The speaker will
CD8-24   confirm your answers. Repeat the correct answer.

1.   (acampar y escalar montañas)
2.   (una vez)
3.   (cabaña)
4.   (no)
5.   (comprar las entradas)
6.   (pescar)
7.   (no)
8.   (un partido de fútbol)
9.   (sí)
10.   (no)

You will hear three friends talking about their plans for the weekend. First, listen carefully for general comprehension. Then, as you listen for a second time, fill in the information requested.

Persona	Actividad	Lugar	Lo que necesita
Antonio:	_____	_____	1. _____
			2. _____
Miguel:	_____	_____	_____
Marisol:	_____	_____	_____

◀))） **E. Dictado** The speaker will read six sentences. Each sentence will be read twice. After the first
CD8-26 reading, write what you heard. After the second reading, check your work and fill in what you missed.

1. _____

2. _____

3. _____

4. _____

5. _____

6. _____

Hasta ahora... Una prueba

Let's combine the structure and the vocabulary from **Lecciones 15** and **16**. How much can you remember?

A. Complete the following exchanges, using the future tense or the conditional tense of the verbs given.

1. —¿Qué _____ (hacer) Uds. este fin de semana?

   —_____ (Ir) a acampar, _____ (pescar) y _____ (hacer) un picnic en el campo. ¿Y Uds.?

   —El sábado, nosotros _____ (comprar) las entradas para el partido de fútbol y por la

   noche _____ (salir) con Teresa y Carlos.

   —¿Y el domingo?

   —_____ (Ir) a la playa, _____ (hacer) *surfing* y _____ (tomar) el sol. No _____

   (poder) quedarnos mucho tiempo porque por la tarde _____ (tener) que estar temprano
   en el estadio para ver el juego de fútbol.

2. —¿A qué hora te dijo Ignacio que _____ (venir) hoy?

   —Me dijo que no _____ (poder) estar aquí antes de las nueve.

3. —¿Qué te dijeron los chicos?

   —Me dijeron que hoy _____ (salir) con sus amigos y que _____ (volver) tarde.

4. —Yo siempre juego al tenis los domingos.

   —Yo no _____ (jugar) al tenis. _____ (Ir) a la playa y _____ (usar) mi tabla
   de mar.

B. Complete the following exchanges, using the Spanish equivalent of the words in parentheses.

1. —¿A qué hora _____? (*will you have finished*)

   —A las siete, y a las ocho ya _____ a casa. (*will have returned*)

2. —¿Llevaste a Mario al hospital?

   —Sí, lo llevé en mi coche.

   —Yo _____ una ambulancia. (*would have called*)

3. —Anoche salí con Ernesto. Fuimos al cine.

   —_____ con Raúl, y _____ a bailar.
   (*I would have gone out / we would have gone*)

4. —Mis padres no vieron _____ en la fiesta. (*your Mom*)

   —Ella no fue a la fiesta. Se quedó _____. (*at home*)

5. —¿Cómo es la novia de Jaime?

   —Es morena, _____ y es la más simpática _____.
   (*with green eyes / in her family*)

6. —¿Silvia ya está _____? (*at the hotel*)

   —Sí, llegó _____. (*at three in the afternoon*)

   —¿Vino _____? (*by plane*)

   —Sí.

7. —Siento mucho que Miguel _____ venir a la fiesta. (*has not been able*)

   —Sí, es una lástima que _____ toda la semana. (*he has been sick*)

C. Arrange the following vocabulary in groups of three, according to categories.

sur	catarro	fiebre	fútbol	empeorarse
acampar	canoa	tobillo	accidente	tienda de campaña
emergencia	cara	bucear	armar	médico
tomar el sol	lago	oeste	resfrío	curarse
temperatura	boca	playa	pierna	mejorarse
hacer *surfing*	ojos	norte	voleibol	resfriado
broncearse	pie	recetar	nadar	estadio
ambulancia	remar	grado	consultorio	

1. _____ _____ _____

2. _____ _____ _____

3. _____ _____ _____

4. _____ _____ _____

5. _____ _____ _____

6. _____ _____ _____

7. _____ _____ _____

8. _____ _____ _____

9. _____ _____ _____

10. _____ _____ _____

11. _____ _____ _____

12. _____ _____ _____

13. _____ _____ _____

D. Write the questions that originated the following answers.

1. —_____

   —Sí, nosotros nos aburriríamos como ostras.

3. —_____

   —Mañana tendré que trabajar.

3. —_____

   —No, para las once, no nos habremos acostado todavía.

4. —_____

   —Nosotros habríamos ido al lago.

5. —_____

   —No, no es verdad que yo haya ido de pesca.

6. —_____

   —Saldré con Roberto el sábado próximo.

7. —_____

   —No, yo no habría ido al estadio.

8. —_____

   —Estaremos en el consultorio a las dos de la tarde.

9. —_____

   —No, no hay nadie que haya visto esa película.

10. —_____

    —Ella quería que yo volviera el dos de abril.

Un paso más

A. Read the ad below, and then answer the questions that follow.

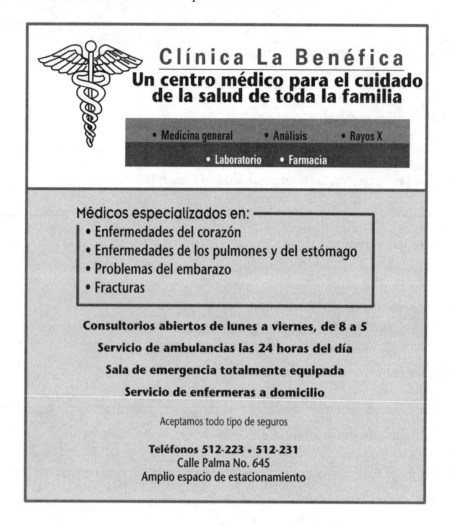

Clínica La Benéfica
Un centro médico para el cuidado
de la salud de toda la familia

- Medicina general   • Análisis   • Rayos X
- Laboratorio   • Farmacia

Médicos especializados en:
- Enfermedades del corazón
- Enfermedades de los pulmones y del estómago
- Problemas del embarazo
- Fracturas

Consultorios abiertos de lunes a viernes, de 8 a 5

Servicio de ambulancias las 24 horas del día

Sala de emergencia totalmente equipada

Servicio de enfermeras a domicilio

Aceptamos todo tipo de seguros

Teléfonos 512-223 * 512-231
Calle Palma No. 645
Amplio espacio de estacionamiento

1. ¿Cómo se llama la clínica y dónde está situada (located)?

_____

2. ¿En qué enfermedades (sicknesses) tiene la clínica médicos especializados?

_____

3. Mi esposa está embarazada. ¿Puede ir a ver a algún médico en la clínica? ¿A cuál?

_____

4. Si me fracturé (broke) una pierna, ¿puedo ir a La Benéfica o no? ¿Por qué?

_____

5. ¿Puedo ir al consultorio de un médico el sábado? ¿Por qué?

_____

6. ¿Puedo hacerme radiografías o análisis en la clínica? ¿Por qué?

_____

7. ¿Por qué puedo comprar medicinas en la clínica?

_____

8. Si tengo un accidente, ¿puedo ir a la clínica? ¿Por qué?

_____

9. ¿Cómo pueden transportarme a la clínica en caso de accidente?

_____

10. Mi seguro (*insurance*) es de accidentes de trabajo. ¿Lo aceptan en la clínica? ¿Cómo lo sabe Ud.?

_____

11. Si necesito el cuidado (*care*) de una enfermera (*nurse*) en mi casa, ¿puedo conseguirlo a través de la clínica?

_____

12. Si necesito estacionar mi coche en la clínica, ¿voy a tener problemas?

_____

B. You are trying to convince a friend who does not like outdoor activities to go camping with you. Tell him about all the activities that you can do during the weekend and what a wonderful time you are going to have. Be very convincing!

LECCIÓN 17

Workbook Activities

ESTRUCTURAS

A. The pluperfect subjunctive I Complete the chart, paying particular attention to the use of the pluperfect subjunctive.

Sentence in English	Verbs that require the subjunctive	que	Subject of subordinate clause	Imperfect subjunctive of **haber**	Past participle
1. I did not think that they had come.	No creía	que	ellos	hubieran	venido.
2. She was sorry that you had gone.	Sentía		tú		
3. We were hoping that you had finished.	Esperábamos		Uds.		
4. He doubted that she had died.					muerto.
5. You were afraid that she had returned.				hubiera	
6. They denied that she had returned.	Negaron				
7. I did not think that you had gone out.			tú		
8. We were sorry that you had left.			Uds.		
9. I hoped that she had learned.					
10. I did not think that Rose had finished.	No creía				
11. I was glad that the car had started.	Me alegré de				
12. You did not think that we had danced.					

B. The pluperfect subjunctive II How did everybody react to what happened? Complete the following statements, using the pluperfect subjunctive.

1. Ellos me ofrecieron el puesto.

   Yo me alegré de que _____

2. La jefa de personal no me entrevistó.

   Mi padre sintió que _____

3. Nosotros tuvimos que darle un aumento de sueldo.

   Ellos no creían que _____

4. Ella terminó la entrevista.

   Yo dudaba que _____

5. Tú gastaste una fortuna en equipos electrónicos.

   Fue una lástima que _____

6. Ustedes desempeñaron varios puestos.

   Tú dijiste que no era verdad que _____

7. Los empleados no estuvieron de acuerdo con el supervisor.

   Me sorprendió que _____

8. El Sr. Barrios estaba encargado de la sección de compras.

   Mi jefa se alegró de que _____

C. *If* clauses I Look at the illustrations and write what the people shown *would* do if circumstances were different. Follow the model.

Modelo: Yo no tengo dinero.
Si tuviera dinero, viajaría.

1. Roberto no tiene tiempo.

   Si _____.

2.   Elsa no está de vacaciones.

Si _____.

3.   Ellos no tienen hambre.

Si _____.

4.   Tú tienes que trabajar.

Si no _____.

5.   Uds. no van a la fiesta.

Si _____.

6.   Hoy es sábado.

Si no _____.

D. *If* clauses II Look at the illustrations and write what the people shown *will* do if circumstances permit. Follow the model.

Modelo: No sé si tendré dinero o no.
Si tengo dinero, viajaré.

1. Yolanda y yo no sabemos si el coche está descompuesto o no.

   Si _____.

2. No sé si ellas quieren hamburguesas o no.

   Si _____.

3. No sé si Laura está enferma o no.

   Si _____.

4. No sé si tú tienes el periódico o no.

   Si _____.

5. No saben si el autobús pasa por aquí o no.

   Si _____.

E. Review of the uses of the subjunctive Complete the following sentences with the subjunctive, if there is a change of subject or with the infinitive, if there is no change of subject.

1. Quiero _____ (solicitar) el trabajo en esa compañía.

   Quiero que tú _____ (solicitar) el trabajo en esa compañía.

2. ¿Deseas _____ (comprar) una impresora?

   ¿Deseas que yo _____ (comprar) una impresora?

3. Ellos prefieren que nosotros _____ (traducir) la carta.

   Ellos prefieren _____ (traducir) la carta.

4. Necesito _____ (conseguir) unos programas.

   Necesito que ellos me _____ (conseguir) unos programas.

5. Me alegro de que ustedes _____ (estar) aquí.

   Me alegro de _____ (estar) aquí.

6. Temo no _____ (llegar) temprano a la oficina.

   Temo que nosotros no _____ (llegar) temprano a la oficina.

7. Espero _____ (hacer) el trabajo mañana mismo.

   Espero que él _____ (hacer) el trabajo mañana mismo.

8. Siento que tú _____ (tener) que servir de intérprete.

   Siento _____ (tener) que servir de intérprete.

In the following sentences, use the subjunctive to refer to someone or something that is indefinite, unspecified, or nonexistent; use the indicative when referring to a specific person or thing.

9. Necesito un empleado que _____ (saber) inglés y francés.

   Tengo un empleado que _____ (saber) inglés y francés.

10. Hay dos candidatos que _____ (tener) experiencia.

    No hay ningún candidato que _____ (tener) experiencia.

11. Quiero un empleado que _____ (poder) hacer ese trabajo.

    Tenemos un empleado que _____ (poder) hacer ese trabajo.

12. ¿Conoces a alguien que _____ (ser) traductor?

    He conocido a un muchacho que _____ (ser) traductor.

Use the subjunctive in the following sentences that refer to future action and the indicative in those that do not.

13. Voy a ayudarte hasta que (tú) _____ (terminar) el trabajo.

    Siempre te ayudo hasta que (tú) _____ (terminar) el trabajo.

14. Siempre pongo un anuncio cuando _____ (necesitar) un empleado.

    Pondré un anuncio cuando _____ (necesitar) un empleado.

15. Haré las traducciones cuando _____ (tener) tiempo.

    Siempre hago las traducciones cuando _____ (tener) tiempo.

16. Se lo diré en cuanto ellos _____ (llegar).

    Generalmente se lo digo en cuanto ellos _____ (llegar).

Complete each of the following sentences with the subjunctive after verbs and expressions of doubt, uncertainty, or disbelief; use the indicative to indicate belief or certainty.

17. Dudo que ellos _____ (querer) trabajar en esta compañía.

    No dudo que ellos _____ (querer) trabajar en esta compañía.

18. Es probable que nosotros _____ (salir) el sábado.

    Es seguro que nosotros _____ (salir) el sábado.

19. Creo que los compradores _____ (venir) a las ocho.

    No creo que los compradores _____ (venir) a las ocho.

In the following sentences, use the subjunctive when the main clause denies what the subordinate clause expresses, and use the indicative when it does not.

20. No es verdad que el gerente me _____ (haber dicho) eso.

    Es verdad que el gerente me _____ (haber dicho) eso.

21. Niego que nosotros _____ (haber hecho) eso.

    No niego que nosotros _____ (haber hecho) eso.

MÁS PRÁCTICA

A. Minidiálogos   Complete the following, using vocabulary from Lesson 17.

1.   —¿Tú pediste un _____ de sueldo?

   —Sí, el sueldo que yo gano no _____ todo el trabajo que hago.

   —¿Hablaste con el _____ de compras?

   —No, le dejé un mensaje en su máquina _____.

2.   —¿Tu papá es _____ público?

   —Sí, _____ en mercadeo.

   —¿Cuándo empieza a trabajar?

   —Mañana _____.

3.   —¿Qué profesión tiene tu papá?

   —Es agente de bienes _____.

   —¿Y tu mamá?

   —Es agente de _____ públicas. Y mi hermano es _____ bancario.

4.   —¿Qué trabajo _____ Ud. en esa compañía?

   —Soy la asistente del _____ de personal. Además, soy _____ e intérprete.

   Traduzco toda la _____ del inglés al español.

   —¿La señora Rojas ya no trabaja aquí?

   —No, ella _____ el mes pasado y ahora trabaja para otra compañía.

5.   —¿La supervisora quedó _____ con las cartas de _____ sobre el candidato?

   —No, yo no creo que le dé el _____.

6.   —¿Qué hiciste con las carpetas?

   —Las _____. Después le di el _____ vitae del mejor candidato al

   _____ de la compañía. Él tiene la última _____.

B. ¿Qué dice Ud.?   You find yourself in the following situations. What do you say?

1. You are interviewing a candidate for a position in your company. Tell him you want him to talk to you about his experience.

   _____

2. You indicate that you need someone to be in charge of the selection and purchase of electronic equipment.

   _____

   _____

3. You tell someone that your father suggested that you ask for a raise.

   _____

   _____

4. You admit to someone that, if they had paid you a good salary at the company where you worked, you would have continued to work there.

   _____

   _____

5. You have been interviewed for a job. Tell the interviewer that you hope he will let you know about his decision.

   _____

   _____

6. Tell a friend that, if he calls you and you are not home, he can leave you a message on the answering machine.

   _____

   _____

7. You tell your secretary that you wanted her to file the folders that were on your desk.

   _____

   _____

8. You mention that you were not very impressed with the candidates.

   _____

   _____

C. ¿Qué pasa aquí... ? Look at the illustrations and answer the following questions.

a. 1. ¿Qué puesto tiene la Sra. Lara?

_____

2. ¿Para qué compañía trabaja?

_____

3. ¿Quedó muy impresionada con el resumé de la Srta. Paz?

_____

4. ¿Qué puede hacer la Srta. Paz para la compañía?

_____

5. ¿La Sra. Lara ha decidido darle el puesto a la Srta. Paz?

_____

b. 1. ¿Qué tiene el Sr. Rojas en su escritorio?

_____

2. ¿Qué está escuchando el Sr. Rojas?

_____

3. ¿Qué está haciendo Mirta?

_____

4. ¿Usted cree que Mirta es la asistente del Sr. Rojas?

_____

5. ¿Qué tendrá que escribir Mirta más tarde?

_____

6. ¿Hasta qué hora estará Mirta en la oficina?

_____

El mensaje de Luis: ¡Me dieron el puesto!

Queridos padres:

¡Tengo magníficas noticias! La semana pasada me entrevistaron para el
puesto de supervisor del Departamento de Compras de una compañía de
importaciones. Yo le hablé a la jefa de personal de toda mi experiencia y
ella leyó las cartas de recomendación de mis jefes. Por lo visto° quedó   *Apparently*
muy impresionada y ayer por la tarde me llamó para decirme que el puesto
era mío.

    Como ustedes saben, me gustaba mucho mi trabajo en la otra compañía
y, si me hubieran dado el aumento que les pedí, me habría quedado allí.

    En fin, comienzo a trabajar la semana próxima. Ya lo vamos a celebrar
cuando vaya a Barcelona.

Un abrazo,
Luis

¡Conteste!   Answer the following questions based on the reading.

1.   ¿Cuándo entrevistaron a Luis para el puesto?

    _____

2.   ¿Para qué puesto lo entrevistaron?

    _____

3.   ¿De qué le habló Luis a la jefa de personal?

    _____

4.   ¿Qué leyó la jefa de personal?

    _____

5.   ¿Cómo cree Luis que quedó la jefa de personal con las cartas de recomendación?

    _____

6.   ¿Cuándo llamó la jefa de personal a Luis? ¿Para qué?

    _____

7.   ¿Qué le gustaba mucho a Luis?

    _____

8.   ¿Qué habría hecho él si le hubieran dado el aumento que les pidió?

    _____

9.   ¿Cuándo comienza a trabajar Luis?

    _____

10.   ¿Qué van a hacer cuando él vaya a Barcelona?

    _____

EL MUNDO HISPÁNICO Y TÚ

Complete the following chart.

España (I)

Ciudad donde se celebra el Día de San Fermín: _____

Capital de Cataluña: _____

Capital del país: _____

Número de turistas que visitan España: _____

Monumento en honor de los españoles que murieron durante la Guerra Civil: _____

Uno de los mejores museos del mundo: _____

Obra maestra del arquitecto catalán Antonio Gaudí: _____

Año en que fue fundada la Universidad de Salamanca: _____

El rey de España: _____

LECCIÓN 17
Laboratory Activities

SITUACIONES

🔊 CD9-2 **¿Asistente... o víctima?** Listen to the dialogues twice, paying close attention to the speakers' intonation and pronunciation patterns. First, listen to the entire dialogue; then, as you listen for a second time, pause the recording after each sentence and repeat after the speaker.

🔊 CD9-3 **A. Preguntas y respuestas** You will now hear questions about the dialogues. Answer each one, omitting the subject. The speaker will confirm your response. Repeat the correct response.

🔊 CD9-4 **B. ¿Qué dice Ud.?** The speaker will present several situations based on the dialogue. Respond appropriately in Spanish to each situation. The speaker will confirm your response. Repeat the correct response. Follow the model.

> **Modelo:** You tell someone that you work under Mr. Vega's supervision.
> *Trabajo bajo la supervisión del Sr. Vega.*

PRONUNCIACIÓN

🔊 CD9-5 When you hear the number, read the corresponding sentence aloud. Then, listen to the speaker and repeat the sentence.

1. Está encargada de la selección, evaluación y compra de los equipos electrónicos.
2. Es contadora pública, especializada en mercadeo.
3. Tiene mucha experiencia y es extremadamente eficiente.
4. Archiva las carpetas que están en mi escritorio y lee la correspondencia.
5. Lee el resumé de cada uno de los candidatos.
6. ¿Les escribiste a los accionistas de la compañía?

ESTRUCTURAS

🔊 CD9-6 **A. The pluperfect subjunctive** Change each statement you hear, using the cue provided and the pluperfect subjunctive. The speaker will confirm your response. Repeat the correct response. Follow the model.

> **Modelo:** Teresa había hablado con el supervisor. (yo esperaba)
> *Yo esperaba que Teresa hubiera hablado con el supervisor.*

1. (no era verdad)
2. (yo temía)
3. (no era verdad)
4. (ellos temían)
5. (yo esperaba)
6. (no era verdad)
7. (ellos no creían)
8. (yo dudaba)

◀))) B. ***If* clauses I** Respond to each question by saying what you would do if things were different,
CD9-7   using the cue provided and the imperfect subjunctive. The speaker will confirm your response.
Repeat the correct response. Follow the model.

> **Modelo:**   ¿Por qué no compras esa computadora? (ser más barata)
> *La compraría si fuera más barata.*

1. (poder)
2. (tener dinero)
3. (tener tiempo)
4. (estar aquí)
5. (gustarme)
6. (ser más temprano)

◀))) C. ***If* clauses II** You will hear a series of statements about things that *would* have happened.
CD9-8   Complete each one by adding an *if clause*, using the cue provided. The speaker will confirm your
response. Repeat the correct response. Follow the model.

> **Modelo:**   Yo habría venido. (tener tiempo)
> *Yo habría venido si hubiera tenido tiempo.*

1. (poder)
2. (tú ayudarme)
3. (ser necesario)
4. (ella dársela)
5. (nosotros llamarte)

◀))) D. **Review of the uses of the subjunctive** The speaker will ask you some questions. Answer
CD9-9   them, using the cues provided. The speaker will confirm your response. Repeat the correct
response. Follow the model.

> **Modelo:**   ¿Qué necesitas que yo haga? (archivar las cartas)
> *Necesito que archives las cartas.*

1. (Madrid)
2. (Barcelona)
3. (ir a la entrevista)
4. (cobrar mucho)
5. (sí)
6. (no)
7. (sí / un señor)
8. (llamar a Eva)
9. (traer los documentos)
10. (no)

MÁS PRÁCTICA

🔊 **A. Dibujos**   You will hear three statements about each drawing. Choose the letter of the statement
CD9-10   that best corresponds to the drawing. The speaker will verify your response.

1.

a b c

2.

Más $$$

Yolanda

a b c

3.

Pedro

a b c

4.

Wall Street

José

a b c

5.

PRUDENTIAL

Sergio

a b c

🔊 **B. Unos diálogos breves**   Before listening to the dialogues in this section, study the comprehension
CD9-11   questions below. Reviewing the questions ahead of time will help you to remember key information
as you listen. Then, listen carefully to the dialogues and answer each question, omitting the subject.
The speaker will confirm your response. Repeat the correct answer.

1.   ¿Qué quiere Raúl que haga Delia?
2.   ¿Qué le contesta Delia?
3.   ¿Lo haría si pudiera?
4.   ¿A quién le va a pedir Raúl que escriba las cartas?
5.   ¿Mandó Ricardo su resumé?
6.   ¿Qué decidió Ricardo?
7.   ¿Qué dice Ricardo del sueldo que pagan?
8.   ¿Qué habría hecho Olga si hubiera sabido que Ricardo no quería el trabajo?
9.   ¿Cuántos candidatos hay para el puesto?
10.   ¿Qué no ha hecho todavía la Sra. Silva?
11.   ¿Quién tiene más experiencia en el mundo de los negocios?
12.   ¿Quién tiene la última palabra?

C. Para contestar Answer the questions you hear, using the cues provided. The speaker will confirm your answers. Repeat the correct answer.

CD9-12

1. (no)
2. (sí)
3. (no)
4. (mañana mismo)
5. (a mi jefe)
6. (usar una computadora)
7. (el ratón)
8. (un agente de bienes raíces)
9. (Roberto Fuentes)
10. (no, nadie)

D. Tome nota You will hear a conversation in which Mr. Cano interviews Eva Lara for a position in his company. First, listen carefully for general comprehension. Then, as you listen for a second time, fill in the information requested.

CD9-13

Entrevista

Nombre de la candidata: _____

Título: _____

Compañía anterior: _____

Antigua jefa: _____

Años de experiencia: _____

Sueldo que ganaba: _____

Fecha en que puede empezar a trabajar: _____

E. Dictado The speaker will read six sentences. Each sentence will be read twice. After the first reading, write what you heard. After the second reading, check your work and fill in what you missed.

CD9-14

1. _____
2. _____
3. _____
4. _____
5. _____
6. _____

LECCIÓN 18

Workbook Activities

ESTRUCTURAS

A. Uses of some prepositions after certain verbs At a party, these exchanges are heard among the guests. Complete them using the correct prepositions.

1. —¿Jaime te invitó _____ cenar?

    —Sí, y después fuimos _____ visitar _____ su padrino. ¿Tú te acuerdas

    _____ él?

    —Sí, es encantador. Me alegro _____ que hayan ido _____ verlo.

    —Bueno, Jaime insistió _____ que fuéramos.

2. —Fíjate _____ el vestido de Lola. ¡Es ridículo!

    —¡Ay, sí! ¿Qué estaba pensando cuando lo compró?

    —No sé... Ella sueña _____ ser actriz de cine, y quiere parecer sexy...

3. —¿Cuándo te casas _____ Antonio?

    —El dos de junio. ¿Vas _____ asistir _____ la boda?

    —Naturalmente. Ah, ¿ya sabes que Mirta se comprometió _____ Raúl?

    —Sí, me lo han dicho.

B. Uses of *por* and *para* in certain expressions Match the questions in column A with the corresponding answers in column B.

A

1. ¿Dónde hay un hotel?
2. ¿Pudiste ir al estreno?
3. ¿A Beto le gusta la banda sonora de esa película?
4. ¿Terminaron de ensayar?
5. ¿Dónde tienen los festivales de cine?
6. ¿Vas a estudiar el libreto?
7. Estás loca por él, ¿verdad?
8. No tiene experiencia, ¿lo van a contratar?
9. ¿La película tuvo éxito?
10. ¿Te gusta Sevilla?
11. ¿El director se enojó?
12. ¿Para qué compraste ese vestido?

B

a. Sí, por fin.
b. Sí, y por suerte él también me quiere.
c. Por lo general, en Cannes.
d. No, y para peor costó una fortuna.
e. Por supuesto que no.
f. Sí, por eso se la compré.
g. Sí, sin qué ni para qué.
h. Hay uno por aquí cerca.
i. Sí, quiero quedarme aquí para siempre.
j. Para ir a la boda.
k. No, por desgracia no tuve tiempo.
l. Sí, por si acaso me dan el papel.

C. Some idiomatic expressions Berta complains about everything. Complete her statements, using the Spanish equivalent of the idiomatic expressions given.

1. Yo le hice un gran favor a Paco y no me _____. (*thanked*)

2. Te dije que vinieras a las cuatro _____ y no viniste. (*at the latest*)

3. Se fue _____, sin decir nada. (*suddenly*)

4. _____ cuando la gente no es puntual. (*It makes me mad*)

5. Olga no vino a buscarme; _____. (*she stood me up*)

6. No me gusta el vestido que Carmen _____. (*has on*)

7. Ella dice que yo no soy eficiente, pero _____ lo que ella piense. (*it doesn't matter to me*)

8. _____ las películas tienen mucha violencia. (*Nowadays*)

9. Tú nunca haces lo que yo te digo; _____ vas a tener problemas. (*sooner or later*)

10. Celia es irresponsable. Ella dice que me va a ayudar, pero yo _____, porque la conozco. (*don't fool myself*)

A. Minidiálogos Complete the following, using vocabulary from Lesson 18.

1. —¿Alicia asiste a una escuela de _____ dramático?

   —Sí. Quiere ser _____. Yo creo que va a _____ éxito, porque tiene mucho

   _____ y está _____ a trabajar _____.

   —Bueno, ella quiere seguir los _____ de su mamá.

2. —¿Te gustan las películas de _____ ficción?

—Sí, y las películas de _____, como las de Agatha Christie. ¡Nunca me las

_____! De _____, las he visto todas.

—A mí me gustan las películas con _____ especiales.

3. —Mi _____ favorito es Antonio Banderas, y mi _____ de cine favorito es Spielberg.

—Sí, Antonio Banderas _____ muy bien, y Spielberg _____ muy bien.

4. —¿Olga y Fernando están _____ para casarse?

—Sí, se casan el mes _____. Al fin y al _____, hace tres años que son novios.

5. —¿Tú perteneces a un grupo de _____ de aficionados?

—Sí. Ahora estamos _____ una obra de teatro de Casona.

6. —¡Tú te estás _____ de mí! ¡Me estás tomando el _____!

—¡No! No va a pasar de la _____ a la _____, pero va a pasar… Tú vas a ser una gran actriz. ¡Te lo digo en serio!

7. —¿Por qué llegas siempre tarde al cine?

—Porque no me gusta ver los _____.

8. —A los chicos les gustan los _____ animados. ¿Tú tienes algunos?

—No, pero tengo algunas películas de _____, con John Wayne.

—Yo quiero ver una película de suspenso que _____ el sábado.

—¿Tú quieres ir al estreno conmigo?

—Sí, todo el _____ va a ir a verla.

B. ¿Qué dice Ud.?   You find yourself in the following situations. What do you say?

1. You tell Paquito's parents that he insisted on watching cartoons.

_____

2. Tell a friend that they are going to show (for the first time) a thriller and ask her if she wants to go to the movies with you.

_____

_____

3. Indicate that you want to be in charge of casting and that you dream of being a movie director some day.

_____

_____

4. You ask a friend whether he prefers science fiction movies, war movies, or mystery movies.

_____

_____

5. You complain about your brother. Say that it makes you mad when he makes fun of you and pulls your leg.

_____

_____

6. Someone tells you that people are waiting for you. Tell him / her to let them wait.

_____

_____

C. ¿Qué pasa aquí?   Look at the illustrations and answer the following questions.

a.   1.   ¿Qué quiere ser Juan?

_____

2.   ¿Los pasos de quién quiere seguir?

_____

3.   ¿Qué tipo de película quiere ver Tito?

_____

4.   ¿Sonia sueña con ser productora?

_____

5.   ¿Qué le gustaría ser?

_____

b.   1.   ¿Qué lleva puesto Margo?

_____

2.   ¿Adónde piensa viajar?

_____

3.   ¿Va a ir a fines o a principios de mes?

_____

4.   ¿Margo se alegra de ir a Sevilla o no?

_____

5.   ¿Rafael quiere que su novia llegue a las seis menos veinticinco o a las cinco y treinta a más tardar?

_____

6.   ¿Qué le da rabia a Rafael?

_____

Complete the following chart.

España (II)

La gran tierra del vino, de los olivos y del flamenco: _____

El sur de España estuvo en poder de los árabes por más de _____.

Las tres ciudades más conocidas del sur de España: _____, _____

y _____

El alminar de la mezquita de Sevilla: _____

Inmenso palacio construido por los árabes en el siglo XIV: _____

Pequeñas muestras de diferentes comidas típicas: _____

Días y lugares donde se celebran las corridas de toros: _____

Baile típico de Andalucía: _____

Uno de los más grandes poetas y dramaturgos españoles: _____

LECCIÓN 18
Laboratory Activities

SITUACIONES

🔊 **La futura actriz** Listen to the dialogues twice, paying close attention to the speakers' intonation
CD9-15 and pronunciation patterns. First, listen to the entire dialogue; then, as you listen for a second
time, pause the recording after each sentence and repeat after the speaker.

🔊 **A. Preguntas y respuestas** You will now hear questions about the dialogues. Answer each one,
CD9-16 omitting the subject. The speaker will confirm your response. Repeat the correct response.

🔊 **B. ¿Qué dice Ud.?** The speaker will present several situations based on the dialogue. Respond
CD9-17 appropriately in Spanish to each situation. The speaker will confirm your response. Repeat the
correct response. Follow the model.

> **Modelo:** You ask a friend if she remembers your brother.
> *¿Te acuerdas de mi hermano?*

PRONUNCIACIÓN

🔊 When you hear the number, read the corresponding sentence aloud. Then, listen to the speaker
CD9-18 and repeat the sentences.

1. Quiere empezar a estudiar arte dramático inmediatamente.
2. Tú sabes que yo pertenezco a un grupo de teatro de aficionados.
3. Él no se acuerda de que está enamorado de mí, como tú crees.
4. ¡Al fin y al cabo soy tu nieta!
5. Las películas de hoy en día no son como las de antes.
6. De hecho, la mayoría no tiene éxito.

ESTRUCTURAS

🔊 **A. Uses of some prepositions after certain verbs** Answer the following, using the cues
CD9-19 provided and paying special attention to the prepositions **a, de, con,** and **en.** The speaker will
confirm your response. Repeat the correct response. Follow the model.

> **Modelo:** ¿A qué universidad asiste Ana? (Universidad Central)
> *Asiste a la Universidad Central.*

1.	(cenar)	6.	(las llaves)
2.	(el tango)	7.	(no)
3.	(Ángel)	8.	(España)
4.	(Marisol)	9.	(ensayar hoy)
5.	(mis amigos)	10.	(Sevilla)

◄)) **B. Uses of *por* and *para* in certain expressions**   Answer the following questions, using the
CD9-20   cues provided. Pay special attention to the uses of the prepositions **por** and **para.** The speaker will
verify your response. Repeat the correct reponse. Follow the model.

> Modelo: ¿Compraste las entradas? (no, por desgracia / no poder)
> *No, por desgracia no pude comprarlas.*

1.   (no)
2.   (los sábados)
3.   (sí, por fin)
4.   (practicar el español)

5.   (sí, para siempre)
6.   (sí, por suerte)
7.   (sí, por supuesto)

◄)) **C. Some idiomatic expressions**   You will now hear some statements. Respond to each one,
CD9-21   saying **lógico** if the statement is logical or **ilógico** if the statement is illogical. The speaker will
confirm your response. Follow the model.

> Modelo: Piensan quedarse en esta casa para siempre. Se mudan el mes entrante.
> *Ilógico*

MÁS PRÁCTICA

◄)) **A. Dibujos**   You will hear three statements about each drawing. Choose the letter of the statement
CD9-22   that best corresponds to the drawing. The speaker will verify your response.

1.

a b c

2.

a b c

3.

a b c

4.

a b c

5.

a b c

B. Unos diálogos breves Before listening to the dialogues in this section, study the comprehension questions below. Reviewing the questions ahead of time will help you to remember key information as you listen. Then, listen carefully to the dialogues and answer each question, omitting the subject. The speaker will confirm your response. Repeat the correct answer.

1. ¿Qué le pregunta Jorge a Mirta?
2. ¿Cuándo van a presentar la obra teatral?
3. ¿Ya están listos para presentar la obra?
4. ¿Por qué dice Jorge que no tiene que ser perfecta?
5. ¿Qué tipo de película vio Teresa el otro día?
6. ¿Le gustó?
7. ¿Qué dijeron los críticos de la película?
8. ¿Teresa está de acuerdo con los críticos?
9. ¿Por qué está Pablo de acuerdo con los críticos?
10. ¿Qué le interesa más a Teresa, la trama o la actuación?

C. Para contestar Answer the questions you hear, using the cues provided. The speaker will confirm your answers. Repeat the correct answer.

CD9-24

1. (en la escuela)
2. (no)
3. (las comedias musicales)
4. (no, nunca)
5. (mi hermano)
6. (a veinte minutos)
7. (no)
8. (de ciencia ficción)
9. (sobre España)
10. (Spielberg)

D. Tome nota You will hear a conversation between two friends about different movies. First, listen carefully for general comprehension. Then, as you listen for a second time, fill in the information requested.

CD9-25

Nombre de la película	Tipo de película	Cine
1. _____	_____	_____
_____	_____	_____
2. _____	_____	_____
_____	_____	_____
3. _____	_____	_____
_____	_____	_____
4. _____	_____	_____
_____	_____	_____
5. _____	_____	_____
_____	_____	_____

◀)) E. Dictado   The speaker will read six sentences. Each sentence will be read twice. After the first reading, write what you heard. After the second reading, check your work and fill in what you missed.

1. _____

2. _____

3. _____

4. _____

5. _____

6. _____

Hasta ahora... Una prueba

Let's combine the structure and the vocabulary from **Lecciones 17** and **18**. How much can you remember?

A. Complete the following exchanges, using the present indicative, the imperfect subjunctive, or the pluperfect subjunctive of the verbs given.

1. —Fue una lástima que tú no _____ (poder) ir al teatro conmigo.

   —Yo habría ido si no _____ (tener) que trabajar.

2. —¿Tú esperabas que esa película _____ (ser) un éxito?

   —¡No, yo dudaba que le _____ (gustar) al público!

3. —¿Cuántos años tiene esa actriz?

   —Tiene cincuenta años, pero actúa como si _____ (tener) solo treinta.

4. —¡Me pidieron que _____ (trabajar) en una película del oeste!

   —¿Y tú aceptaste?

   —No, pero si la película _____ (ser) de misterio, habría aceptado.

5. —¿Qué quería el director que tú _____ (hacer)?

   —Quería que yo _____ (ensayar) todo el día.

6. —No me dieron el puesto que solicité.

   —Te lo habrían dado si (tú) _____ (tener) mejores cartas de recomendación.

7. —¿Vas a ir al cine mañana?

   —Sí, si no _____ (tener) que trabajar, iré.

8. —¿Te ofrecieron el puesto de traductor?

   —No, pero si me lo _____ (ofrecer) lo habría aceptado.

9. —¿Consiguió Alberto el trabajo que solicitó?

   —Sí, y yo me alegré mucho de que _____ (dárselo).

10. —¿Sabes quién va a ser el protagonista de la película?

    —No, pero si el director _____ (venir) hoy, se lo preguntaré.

11. —Ese supervisor siempre está dando su opinión.

    —Sí, él habla como si lo _____ (saber) todo.

12. —¿Compraste una computadora nueva?

    —No, pero si _____ (tener) dinero la habría comprado.

B. Complete the following sentences using the Spanish equivalent of the words in parentheses.

1. Yo quiero _____ flamenco. Y mi novio dice que él va a _____.
   (*learn to dance / teach me how to dance it*)

2. Carlos se _____ Rosalía, pero no _____ ella. Su mamá se

   _____ que no se casaran. (*fell in love with / married to / was glad*)

3. Yo nunca _____ lo que ella _____. (*notice / has on*)

4. _____ no pude conseguir el dinero que necesitaba. _____ no
   pude hacer el viaje. (*Unfortunately / That's why*)

5. Me gusta mucho este país. Me voy a quedar a vivir aquí _____. (*forever*)

6. Mirta va a llegar a las ocho _____. Ella prometió estar aquí hoy

   _____. (*at the latest / without fail*)

7. _____ muy pocas personas _____ cuando alguien les hace un
   favor. (*Nowadays / express gratitude*)

8. Pensamos ir a visitarlas en junio. Haremos el viaje _____ mes. (*the first part of
   the*)

C. Arrange the following vocabulary in groups of three, according to categories.

correspondencia	fax	aumento	sueldo	obra de teatro
entrevistar	película	filmar	puesto	computadora
ensayar	ratón	música	intérprete	pantalla
correo electrónico	actor	trabajo	entrevista	orquesta
grupo musical	carta	empleo	criticar	administrador
escribir	cine	candidato	traductor	actuación
obra teatral	crítico	columna	salario	presidente
traducir	facsímile	gerente	actriz	

1. _____ _____ _____

2. _____ _____ _____

3. _____ _____ _____

4. _____ _____ _____

5. _____ _____ _____

6. _____ _____ _____

7. _____ _____ _____

8. _____ _____ _____

9. _____ _____ _____

10. _____ _____ _____

11. _____ _____ _____

12. _____ _____ _____

13. _____ _____ _____

D. Write the questions that originated the following answers.

1. —_____

—Sí, nosotros habríamos comprado la computadora si hubiéramos tenido dinero.

2. —_____

—Sí, me gustaría aprender a bailar flamenco.

3. —_____

—No, nunca me fijo en lo que la gente lleva puesto.

4. —_____

—Les dije que estuvieran aquí a la una a más tardar.

5. —_____

—Sí, yo habría aceptado el papel principal si me lo hubieran ofrecido.

6. —_____

—Hoy estamos a nueve de julio.

7. —_____

—Sí, yo trato de no perderme los estrenos.

8. —_____

—No, yo nunca me hago ilusiones.

9. —_____

—No, no es verdad que yo haya dejado plantados a mis amigos.

10. —_____

—No, no es verdad que yo le haya tomado el pelo a mi mejor amigo.

Un paso más

A. Read the ad below, and then answer the questions that follow.

Compañía Multinacional de Importaciones

necesita

Administrador
para sus oficinas en Madrid

Requisitos:

* Ser graduado de administración de negocios
* Tener amplios conocimientos de informática
* Hablar inglés y francés además de español
* Tener por lo menos tres años de experiencia
* Estar dispuesto a viajar frecuentemente
* Ser graduado de Administración de Negocios
* Tener entre 30 y 45 años de edad

Ofrecemos:

**Excelente salario, beneficios, seguro médico
y oportunidades de ascender en la compañía**

Enviar resumé y tres cartas de recomendación a

Calle Alcalá, 524
Madrid, España

---

1. ¿A qué negocio se dedica la Compañía Multinacional?

   _____

2. ¿En qué ciudad va a trabajar la persona que consiga el puesto?

   _____

3. ¿Qué debe haber estudiado la persona que va a desempeñar el trabajo?

   _____

4. ¿De qué debe tener amplios conocimientos?

   _____

5. ¿Qué idiomas debe poder hablar?

   _____

6. ¿Cuántos años de experiencia debe tener?

_____

7. Una persona a la que no le gusta viajar, ¿debe solicitar el puesto? ¿Por qué?

_____

8. Un joven de veinticinco años, ¿debe solicitar el trabajo o no? ¿Por qué?

_____

9. ¿Cómo es el salario que ofrece la compañía?

_____

10. ¿Qué tipo de beneficios puede recibir la persona que consiga el trabajo?

_____

11. ¿Qué debe enviar al hacer su solicitud?

_____

12. ¿Adónde debe enviar lo que se le pide?

_____

B. Write an e-mail to a friend, telling her about the last movie you saw. Tell her about the plot, the actor/actress, the type of movie it was, and give your opinion about the movie. If you know the opinion of the critics, mention it and say if you agree with them or not and why.

Repaso de vocabulario (Lecciones 13–18)

A. Match the questions in column A with the answers in column B.

A

1. ¿Es una película de guerra?
2. ¿Eva y Luis están comprometidos?
3. ¿Fuiste a la fiesta de Ana?
4. ¿Quién dirigió esa película?
5. ¿Nora está enamorada de Pablo?
6. ¿Qué estás leyendo?
7. ¿De qué está encargado?
8. ¿Estás hablando en serio?
9. ¿Cuál es su profesión?
10. ¿Qué hizo él con las carpetas?
11. ¿Qué comiste?
12. ¿Qué pediste?
13. ¿Rosa ya no trabaja aquí?
14. ¿Rita vende casas?
15. ¿Te divertiste?
16. ¿Tú no querías ir?
17. ¿Qué necesitas para acampar?
18. ¿Vas a tomar el sol?
19. ¿Qué te duele?
20. ¿Qué quieres tomar?
21. ¿Fuiste al médico?
22. ¿A qué hora vino?
23. ¿La Sra. Paz está embarazada?
24. ¿De qué murió?
25. ¿No puede caminar?

B

a. La cartelera.
b. Un bocadillo.
c. No, no tengo traje de baño.
d. No, te estoy tomando el pelo.
e. No, me aburrí como una ostra.
f. Las archivó.
g. Una tienda de campaña.
h. Un aumento de sueldo.
i. No, pero mis padres me obligaron.
j. Un cafecito bien caliente.
k. Sí, se casan el mes entrante.
l. No, tomé un remedio casero.
m. Sí. ¡Está loca por él!
n. A eso de las seis.
o. La garganta.
p. No, de vaqueros.
q. Sí, va a tener el bebé en abril.
r. No. Renunció el mes pasado.
s. De un ataque al corazón.
t. No... ¡Me la perdí!
u. No, necesita una silla de ruedas.
v. Del reparto de papeles.
w. Es contador público.
x. Sí, es agente de bienes raíces.
y. Spielberg.

B. Circle the word or phrase that best completes each sentence.

1. Se cayó y se rompió (el oído, un brazo, el pelo).
2. Lo llevaron a la sala de (rayos, radiografías, recetas) X.
3. El médico estará en su (dolor, grado, consultorio).
4. ¿Se está mejorando o (preguntando, empeorando, merendando)?
5. ¡Hola, Marisol! (¡Qué lástima!, ¡Qué gusto de verte!, ¡Menos mal!)
6. Tiene muchos (defectos, timbres, grados): Es terca, sarcástica y antipática...
7. Ella se va a enfadar cuando se dé cuenta de que su (abogado, asignatura, periodismo) no le ha dicho la verdad.
8. ¡Hola, mi amor! ¡Dame un (chequeo, requisito, abrazo)!
9. Ellos vendrán (a menos que, con tal de que, dentro de) dos semanas.
10. Me gustaría estudiar administración de (notas, promedios, empresas).
11. ¿Él aprobó la clase o quedó (suspendido, sentado, entregado)?
12. Él trabajaba en un restaurante; era (carpintero, plomero, cocinero).
13. Tendré que ir al gimnasio si quiero (ponerme en forma, matricularme, enojarme).
14. El niño estaba (llorando, calzando, midiendo) porque le dolía el estómago.
15. Esteban habría conducido (un camión, una camiseta, una falda).
16. ¿Los zapatos son anchos o (cargados, preciosos, estrechos)?
17. Las botas son de (algodón, cuero, lana).
18. ¿Qué joya habrías comprado tú? ¿Un anillo o un (collar, guante, calcetín)?
19. Todo sería más barato si tuvieran una (rebaja, seda, corbata).
20. ¡Vamos de compras! (Me quedan chicos, Hacen juego, No tengo nada que ponerme).